灶公人间

崔哲滔 著

台海出版社

图书在版编目（CIP）数据

烟火人间 / 崔哲滔著 . -- 北京 ：台海出版社，
2023.7

ISBN 978-7-5168-3581-4

Ⅰ．①烟… Ⅱ．①崔… Ⅲ．①短篇小说－小说集－中
国－当代 Ⅳ．① I247.7

中国国家版本馆 CIP 数据核字 (2023) 第 110810 号

烟火人间

著　　者：崔哲滔

出版人：蔡　旭	装帧设计：希言工作室
责任编辑：员晓博	版式设计：王一铭

出版发行：台海出版社

地　　址：北京市东城区景山东街 20 号　　邮政编码：100009

电　　话：010-64041652（发行，邮购）

传　　真：010-84045799（总编室）

网　　址：www.taimeng.org.cn/thcbs/default.htm

E-mail：thcbs@126.com

经　　销：全国各地新华书店

印　　制：河北柏兆达印刷有限公司

本书如有破损、缺页、装订错误，请与本社联系调换

开　　本：787 毫米 ×1092 毫米　　1/32

字　　数：82 千字　　　　印　　张：7.25

版　　次：2023 年 7 月第 1 版　　印　　次：2023 年 7 月第 1 次印刷

书　　号：ISBN 978-7-5168-3581-4

定　　价：58.00 元

目录

当他发现整个房子只有厨房之后，终于忍不住了，对那人问道："你到底是谁？这么多房间为什么都是厨房呢？"

"你心里不是已经对我有个定义了吗？"那人直接答道。

"你知道我想的？我没死吧？"他问

"当然没有。"那人答。

"是啊！死了肯定就不做梦了。"他心想。

"死本来也是梦啊。"那人接着他的想法说道。

"你能不能别回答我想的，回答我问的？"

当他发现整个房子只有厨房之后，终于忍不住了，对那人问道：「你到底是谁？这么多房间为什么都是厨房呢？」

「你心里不是已经对我有个定义了吗？」那人直接答道。

「你知道我想的？我没死吧？」他问

「当然没有。」那人答。

「是啊！死了肯定就不做梦了。」他心想。

「死本来也是梦啊。」那人接着他的想法说道。

「你能不能别回答我想的，回答我问的？」

　　本已生活窘迫的他今天又失去了一位客户，一边找着安慰自己的理由，一边朝着蚂蚁胡同那间熟悉的小酒馆走去，他觉得喝点儿酒，睡一觉，到了明天，一切就都过去了。

　　他并不是为了逃离生活来这里的，而是为了梦想来到这座城市的。但是面对现实状况也常常会迷茫，每当他开始怀疑自己时就会喝点儿酒，睡一觉，让紧绷的心得以缓解。但他知道，那份现实和理想之间的差距，始终在拉扯着他的心。

　　为了省钱，他住在了离公司最近的郊区。他是这家小饭馆的常客，这家店很小，老板是他半个老乡，时常也会陪他喝两口，聊一聊他最喜欢的烹饪。但今天老板也没和他多聊，似乎知道今天会不醉不归。他又喝了不少酒，直到打烊他才离开。他今天的感觉有些奇怪，没有往常的那种迷迷糊糊，或者昏昏欲睡，似乎今天的白酒不怎么上头，连脑子里的胡思乱想却也比平时少了很多。他一边走一边看着灯光下的影子，心里有一种熟悉的孤独感，他突然意识到，这条路他不知走了多少遍，可是从来没有注意过路上景物的细节，就像没注意过自己影子里的那些细节，这感觉到底是自己的还是影子的？奇怪的是，这一切在今天这个月色并不明亮的夜里却显得格外的清晰。是啊！他好久没有好好地关注自己了。

到了自己租的那间一楼的小屋门口，他蹑手蹑脚地打开房门，悄悄地溜了进去，长出了一口气，暗自庆幸没有被房东听见，不然又要来谈下半年房租的事了。坐在沙发上，无意识地打开电视，声音调得很小，其实不想看什么，就是想有点儿动静，给自己这一个人的小房间一些背景音，分散一下注意力，不想让焦点回到自己身上。

刚一坐下他就发现，晚上光顾着喝酒没吃什么东西，这时候突然感觉很饿。说来也有意思，他突然意识到其实自己好久没有饿的感觉了，都是到了吃饭的时间就吃饭，不管身体饿不饿。此刻他忽然觉得，饿的感觉真好，这让他觉得自己是鲜活的，能感觉到自己似乎也是对自己的一种慰藉。饿的感觉越来越强烈，他开始起身在屋里翻找有没有可以充饥的食物，结果不出意料，最后一包泡面昨天也吃完了。于是他懊恼地拿起手机，穿好鞋子准备去门口的便利店买点吃的，转念又一想，干脆睡觉吧，睡着了就没那么饿了。谁知道刚闭上眼睛没几分钟，就有人来敲门，那声音很沉、很深，倒更像是他自己身体里发出的。

他料想是房东又来讨要房租了，这次也没法再躲了，一定是电视的声音暴露了自己。于是硬着头皮去开门，边走边心里盘算着，该找些什么理由。可当他打开门的时候，发现敲门的并不是房东，是一个陌生人，说是陌生人但又有一种好久未见的熟人的感觉。那人站在门口微笑着一边朝他招手，一边喊着他在老家的小名，"好久没见了，在你上面住了这么久，今天终于碰到了，一起找个地方边吃边聊怎么样？"原来不是房东而是邻居，他整个人一下子放松了许多。

楼道里的灯正在那人的头顶后方，从他的角度看过去，好像头后有一个大光圈。奇怪的是今天楼道里和他这边屋子里的光都特别亮，把那人照得前后光明，那一刻的画面竟有些神圣，他的心里一片温暖，不由得想去靠近跟随，再加上又听到了那个"吃"字，他竟不自觉地和那人走了出去，顺着那光沿着楼梯往上直至顶楼。更奇怪的是今天上楼不像平时上楼那样费力，甚至越走越轻松，感觉很舒服，恍恍惚惚来到了那人的房门前。那人微笑着朝他示意了一下之后，推门而入，他随后也跟了进去。

房子里的场景让他完全惊掉了下巴，出现在眼前的竟是一座院子。

"屋子里有个没顶子的院子？我不是在做梦

吧？"他心里问自己，"如果这是梦也挺有意思的，看看接下去会发生什么。"他心里想着。但是饥饿的感觉依然强烈。

院子里是一片篱笆围着的花园菜地，蜿蜒其间的小路通向一所房屋，两个人穿过院子进了房间，这里的确是间房。

"你随意哈，别客气，把这儿当成自己家，你可以随便转转。"那人微笑着对他说。

他发现自他们相见的第一面，那人周身前后的光始终没消失过。心里面突然在想，"是不是我已经饿死了，上帝接我上了天堂了？"看过的电影里的各种奇异情节浮上心头，在脑袋里加工着眼前看到的一切。一时间觉得酒都冲上了头，人有点晕晕的感觉。当他发现整个房子只有厨房之后，终于忍不住了，对那人问道："你到底是谁？这么多房间为什么都是厨房呢？"

"你不是心里已经对我有个定义了吗？"

那人直接答道。

"你知道我想的？我没死吧？"他问。

"当然没有。"那人答。

"是啊！死了肯定就不做梦了。"他心想。

"死本来也是梦啊。"那人接着他的想法说道。

"你能不能别回答我想的，回答我问的？"

"好。第一，你没死。第二，因为这是你最想要的，所以我这里就只能看到厨房。"

"我最想要的是厨房？我直接吃碗面它不香吗？"

本来想开口回怼，突然间心头一振。他忽然间又意识到了什么，原来他心里最想做的事并非现在的工作，而是开一个属于自己的小餐馆，通过自己的手艺，给这些像他一样怀揣梦想、北漂南泊的人品尝些许家的味道，慰藉他们漂泊的心。可这个想法他从没向人提起，甚至怕有人会笑话他。

"看来这个人还知道我过去藏在心里的想法。"他寻思着。

"你不是很饿了吗？别客气啦！自己动手吧！"那人说道。

一听到"饿"字，他瞬间被拉回当下。

"对！先找吃的，解决肚子的问题！"

他马上开始在整个房间寻找着。他看见菜篮子里装满了各种鲜果菜肉，好像还有一些奇怪的香料佐酒，他一眼就看见了冰箱的所在，径直走过去，心想看看冰箱里有什么，希望有能直接吃的东西。打开冰箱门一看，空空如也，他奇怪地甚至有些没好气地抱怨道："怎么什么都没有啊？那还要冰箱干什么？"

"神人"回答说："这是橱柜不是冰箱，是用来做我现在想吃的东西。我从来不用任何昨天剩下的食材做今天的菜，你想吃就现在做吧，这里的时间概念和你那里不太一样，饭菜熟得和你的想法一样快！"

其实他是很喜欢做饭的，每次做饭的时候心里都觉得很踏实，很安静，被生活搅起的那些纷纷扰扰的想法、紧紧张张的压力都会一时不见，只是现实中他的节奏被工作和生活带得很快，竟也没什么时间做饭，只能和那小饭馆的老板聊天的时候，切磋一下烹饪的心得和见地，了作抒怀罢了。

但此刻要自己做了再吃，属实也是有点急不可耐，不过当他关上这个橱柜门的时候。马上被门上贴着的东西吸引了，原来尽是些菜名和做法，本来很有兴趣仔细端详，但是饥饿的肚子催着他赶紧做个最快能吃上的东西。

"在这里做饭要依照上面的菜谱做。""神人"说道。他没理会，快速地扫视着满眼的菜谱，很快就选出了一个字最少的。"实在是太饿了，找个简单的吧。"他想。

他发现选的这张菜谱上只有几个字，但当他把上面的字看完之后，整个人就懵了，"天啊！这是什么？怎么做？"

只见上面写着："菜名：'幸福'；原料：'□□'；调料：'满足'；做法：'简单'。"

他气得差点儿晕过去，"这是什么？给我上课吗？原料还是空白的，我就想吃碗泡面而已！"

正要找那"神人"理论时，"神人"却递给他一碗热气腾腾的泡面，扑鼻的香气简直让人流口水！他止住了要说的话，一把接过来，顾不得烫不烫嘴就大快朵颐起来。

天呐！这明明是妈妈做的味道啊！再尝之下好像还包含了他吃过的所有美食的味道！更神的是，虽然看上去热气腾腾的，但吃起来并不烫嘴，温度恰到好处。

他从前几口的狼吞虎咽，转为一口一口地仔细品味，他忘了自己在哪里，甚至忘了自己在吃东西，或者说不是他的大脑和身体在指挥他吃东西，他这辈子第一次吃出这种体验。

他不知什么时候吃完了这碗神奇的面。没有觉得不够也没有感觉撑，尽管那么好吃，也没有想再来一碗的感觉。不但好吃，而且分量还精准得让人舒服。

吃完之后，他竟忽地想起了小时候第一次尝到甘甜乳汁的味道，不知不觉眼泪掉了下来。他顿时悟到，原来人们遍尝人间美味，不过是在追寻那第一次吃到妈妈乳汁的体验，那简单自然，而又胜过人间无数的爱之味道。怎么会有人记得这第一口人间烟火的味道呢？但他就是很肯定地笃信。

他心怀感激地问这位"神人"："这是什么面？是你做的吗？怎么那么好吃，真是太感谢了！我不知多久没有吃过这么好吃的滋味了，也可以说从来没有吃过这么好吃的饭。不过又隐隐觉得这味道似曾相识。"

"这就是你刚选的那道'幸福'啊！"

"什么？'幸福'不是一道菜吗？怎么是一碗面？"

"这里指的是味道，没有什么米或者面。"

"啊！用什么做的？谁做的？"

"用你刚刚感悟到的东西做的，就是你自己做的啊！"

"什么？我只是想做，还没有做啊！最多把上面的字念了一遍，甚至我都还没明白，怎么做都不知道。"

"不需要明白，在这里只要你一想，它就被创造出来了。"

"这也太扯了，这都放了什么调料，我开始怎么吃出了很多味道，用的什么面？"

"你不是刚刚看到了吗，'满足'。"

"我的个神啊！这一样东西就这么多味道。"

　　"神?！你是在喊我吗？那不是我的名字……""神人"问道。

　　此时还没回过神来，没接这茬，尽顾着提出自己的迷惑，继续问道："这里有这么多食物，都这么好吃吗？"

　　"这里只有一种食物啊！就是你刚吃的那个。"

　　这时候他定下神来，仔细地看了看橱柜上的那些贴纸，天呐！原来真的都是一个菜，只是做法和原料不同。

　　"味道都一样吗？"

　　"是的！这种做法最简单而已。"

　　"太神了！"一边说一边仔细看了起来，他突然从中间发现一张上面的原料居然写着"自私""卑微"……全是负面的词。看到这里，他一下子愣住了，"我不信这些做出来也是一样的味道。"他发现"神人"不知道什么时候出去了，他顺手端起那只碗，在心里念了一遍菜谱上的原料，果然刚一念完一碗面就出现在碗里了。他迫不及待地尝上一口，哇！简直难以下咽。他气愤地跑到厨房外面，对着正在收菜的"神人"叫了起来，"看，不是这样的，这个根本咽不下去，不是那个味道，难吃死了！""神人"笑着说："我没有骗你，只是由我拿着碗送给你才行！"说着他接过他手里的面，马上又递回给他，那扑鼻的香味再次袭来。"神啦！"尝上一口还是那让他此生难忘的美味。

"就因为你是神？"

"不是，那不是我的名字，不过这美味的确是因为我！"

"那你是谁？叫什么？"

"呵呵！太好了！对我感兴趣了！你可以叫我本心！"

"好吧，这还是神话。"

他一边回味着那难忘的味道，一边冒出了一个想法，怎么能掌控这个自称是"本心"的神人？哪怕是情感绑架或者装可怜什么的，总之得想个办法留住他。

"你不必这么想，你不可能控制我。当你想控制的时候，已经在失去最重要的东西。我没有什么想要的，所以我不会被控制，而你却相反，不是吗？控制的开始，也就是失去的开始！"

当他不再去体验和感受，而是想去掌控的时候，他突然发现唇齿之间那沁人心脾的味道已经消失了，那幸福感也没有了，被平日里的焦虑和不安取而代之。

"好吧，我想什么你都知道是吧？那你也知道我是想把这种美味带到人间，让身边那些在追寻的人也能尝到这幸福的味道。幸福本来就是人间的味道！"

"难道这不是来自天堂的味道吗？"

"天堂要什么幸福？那是有痛苦的地方才需要的。"

"可是我自己又做不出来，不是要经过你的手才能是那种味道吗？"

"可不经过你的手，我也送不出这味道啊！"

"咱俩一样吗？你活在天堂，我活在人间，而且活得还不怎么样。"

"那有什么分别吗？我在人间的时候从不想天堂，在天堂的时候也从不想人间。人们所谓的天堂、人间、地狱不过是几种不同的滋味罢了，那都是一回事。在人间幻想天堂排斥人间所以像活在地狱，其实不过是一张嘴巴里的三种味道！"

"可是你能把我带到天堂啊！"

"你不想上来我也不能把你带上来啊！"

"胡扯！我以前总想怎么没上来？"

"因为你不相信啊！"

"不相信你吗？"

"可以这么说，也可以说你不相信自己，因为我就是你！所以你对到底有没有天堂这事无从相信。"

"不！我一直真的相信有天堂的！"

"好！那你相信你能上天堂吗？"

"嗯……这个好像信，又好像不信！"

"那就是不信啦！"

"别扯远了！你真能矫情啊！"

"你还没想起来，你还不知道什么是'信'，和矫情的人说话就会是这种感觉，你没发现我们很像吗？"

"我一点儿都没觉得！接下来你是不是要说'我就是你'了吧？因为你知道我所有的秘密，我从没和任何人说过，甚至自己也很少说的。"

"看！你不是也知道吗！我就是你啊！"

"你这聊天方式应该叫上帝话术吧！那别人的秘密你也知道吗？"

"如果你想我就会知道。"

"还有——不用吃饭。"

"因为你吃了,所有的味道我就尝到了啊!"

"天呐!你太可怕了!说不过你啊!"

"是啊!有时候你是会怕我,你不想说的那些事儿,不就是因为怕我知道吗?看!现在在我成为你,你成为我之间就差这一件事了,你还不相信我就是你!"

"相信了就行是吗?这真是神话!好吧!我们说点实际的,不用这里的菜也能做出这味道吗?人间的菜也可以吗?"

"当然可以!"

"也不必要在你的厨房是吗?"

"不必要的。"

"那你还搞这个厨房在这里干吗?还有这些菜谱有啥意义?"

"首先,这个厨房是你搞出来的,不是我!"

"什么？我搞的！我搞这个干吗？"

"就为了今天你明白的这一切呀！"

"我还挺知道让自己开心的，用做游戏的方式让自己明白是吗？你直接告诉我不就得了吗？干吗绕这么大一圈！"

"既然是游戏就得按游戏规则来，再说你也很少敢直接面对自己的内心！"

"不过说真心话，我真的很想能让身边的人都能尝一尝。"

"是的，这一刻我感受到了，你终于想起来了整个游戏！"

"整个游戏？什么意思？还有其他部分？"

"这是我们的约定啊！你不用怕我走，也不用控制我，因为我就是你！"

"又来了，你在跟我玩游戏？我真的很开心！不过这太扯了！我还是不信！喝了几两酒，我就是神了？"

"有些人是这样的，比如那个叫李白的！"

"好！如果我是你，那我干吗要受这些罪？过得一点都不开心，别说幸福了，连吃饭都成问题了！"

"这是你的计划啊！"

"什么计划？受罪吗？"

"也是个游戏！"

"什么？你是说整个生活都是游戏？"

"游戏归游戏，但你的体验和感悟都是真切的。"

"我把自己整得这么苦就为了玩？"

"不全是，主要是为了提升！"

"那我做得怎么样？"

"这次非常棒啊！'幸福'越来越简单。"

"你什么意思？我来过这里？那纸条是我贴上去的？"

"是！所有的都是！"

"不会吧！我来了多少次了？"

"看看那些贴纸，你难道一点也不觉得熟悉吗？"

"……"

"你开始信了。"

就在这一瞬间他不由得闭上眼睛感觉一股暖流涌上心口……不知过了多久，也不知是哭是笑地自语道："我记起来了，我知道接下来该发生什么了。"

几个星期之后，蚂蚁胡同开了一家餐厅，餐厅的名字叫"谁的厨房"。来这里吃饭的人不必点餐，老板会根据来的人安排菜肴。宾客们除了被这里用心备置的菜品吸引，更重要的是，吃过这里饭菜的人，心里都会有一种说不出的幸福！

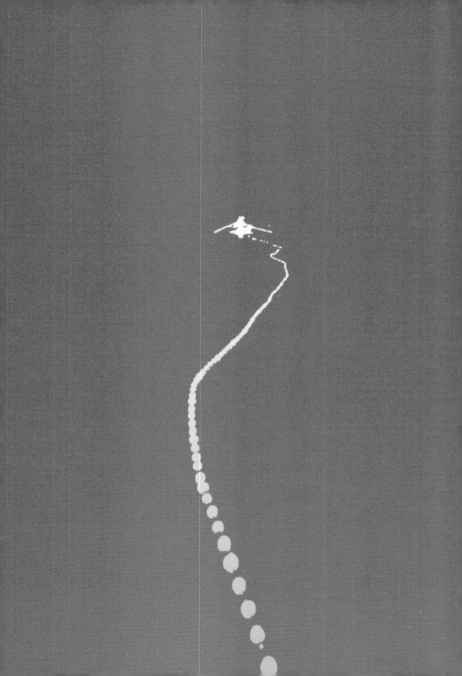

觅方

好奇、兴奋、紧张、欣喜以及按捺不住的跃跃欲试，交织成了故作镇定的一问：『这个汤是……』竟不知该问些什么。

『专门为没有勇气表白的人准备的一种功能性药饮。』店主还是那么气定神闲。

『对于提升其他方面的勇气有作用吗？』

『当然，它是纯勇气原汁，至于用这勇气干什么就因人而异了。』

　　不算出国留学的日子，两个人在一起也已经快九年了。他们时而是创造财富的伙伴，时而是扶持生活的伴侣；时而是各持己见的对手，时而是互相伤害的敌人；时而是各找各妈的儿女，时而是教养孩子的家长，生活的压力和诸多的角色转换，让彼此都忘了自己的最初恋人的身份。爱情这颗糖果，被生活的柴米油盐搅拌得尝不出甜味。当初满怀憧憬的婚姻，演变成了一出合情合理、一眼就看到结尾的肥皂剧。

　　他不是没想过改变，但每次改变都是一次冒险，只要眼前的日子还过得去，人就不愿意行动。每次面临保守、维持或改变突破的时候，他总是选择了前者，他认为自己可能还需要一些知识，需要一些方法，甚至还需要一些自己也没搞清楚的东西吧！

　　偶然一次机会，碍于朋友面子，他去听了一个关于家庭关系的讲座。在老师的启发之下，他决定参考课程里的案例做些尝试，于是他便借这次出差的机会，在这个与爱人相遇的小城——离州，与他的老婆度过第七个结婚纪念日。

纪念日晚餐订在了一家叫作"谁的厨房"的餐馆，这家餐馆并不在现代化的新城区，而是在古城的边上。这是一家很难订到位的餐厅，也不知是因为好吃，还是因为不容易吃到，有的人甚至会从其他城市慕名而来。

老板就是当地人，也是主厨，之前在不少地方开过餐馆，但是不管生意多好，两三年就会搬到另一个他想去的城市，而且他的餐馆不论开到哪里，都能很快被顾客认可，现在即使开在客流并不多的古城老家，同样门庭若市。

更有意思的是，在这家餐厅你不用自己点餐，老板会根据自己对顾客的感觉来安排菜品，而且从没有人不满意过！更有意思的是不同的人，在这里都能吃出幸福的味道。

他安排老婆先去餐厅等他，自己谈完客户后直接过去。但时间还是有点晚了，匆匆赶到餐厅附近他才想到没有准备鲜花，急得他站在蚂蚁胡同的路口四下张望，期盼着附近能出现一家花店。说来也巧，在餐馆对面，他看到了一家门口摆着各种鲜花的小书店，于是赶紧奔过去。

"玫瑰还有多少支？"他急促的询问店主。

"什么日子？"店主略显稚气却神情自若地反问。

"嗯？结婚纪念日。"他稍愣一下之后答道。

"这里有搭配好的，你看看。"店主说着用手一指。

一大簇玫瑰，中间夹着些许满天星，错落着被泛黄的英文纸裹成了一团别致的美好，隐隐的暗香徐送，芬芳得让人浪漫欢喜。

"这个就可以。"他毫不迟疑地说道。

平时他是个纠结的人，今天这么痛快，他自

己都觉得轻松新鲜。但是马上他发现了更新鲜的东西，收银台的里面立着一个手写的小招牌，竖着的两个大字是"勇气"，挨着的一行小字是"秘制勇气汤，甘甜可口，提升勇气"。

看到"勇气"两个字，他心头一懔，这两个字不正是他最期待的那种改变的解药吗！面对思来想去又不敢付诸行动的改变，他时常对自己说，再等等、再等等，其实他也不知道在等什么，直到这一刻他才找到答案——"勇气"。

是啊！谁不想摆脱内心深处那些有理由没头绪的"不敢"呢？

看着眼前这个勇气汤，内心的那条叫"恐惧"的大鱼，被牢牢地勾了个结实，感觉自己的卑微和懦弱终于有机会被遏杀了！随着这念头，心里顿时引发了连锁反应，好奇、兴奋、紧张、欣喜以及按捺不住的跃跃欲试，交织成了故作镇定的一问："这个汤是……"竟不知该问些什么。

"专门为没有勇气表白的人准备的一种功能性药饮。"店主还是那么气定神闲。

"对于提升其他方面的勇气有作用吗？"

"当然，它是纯勇气原汁，至于用这勇气干什么就因人而异了。"

说话间，店主从身后拎上一个没有任何字的黑色纸箱，随后打开取出一个装满了透明液体的玻璃瓶递给他，同样也没有任何的标签。

"天然泉水古方秘制，就这两瓶，需要的时候取一瓶盖加到任何饮品里都可以，喝了它你就会感受到强大的勇气！"店主似乎断定了他会全部买走。

当一个人有迫切的欲求的时候，就容易相信神话。

他毫不犹豫地把那两瓶药水塞进背包，付账之后，他给店主留了联系方式，捧起花急匆匆地转身向餐厅奔去。

那天，结婚纪念日的晚餐，果然吃出了浓浓的幸福感。

这次出差回来后的几个月发生了很多事情，他先是和经常在电梯里抽烟的那个男人打了一架，接着又退出了合伙开办的那家公司，做起了一份自己喜欢的新事业。而且很快就签下了一份订单。虽然不是什么大业务，但对他初创的公司来说，意义和价值都很重大。他觉得这一切的改变都是勇气汤给他的力量，让他开始跟随内心的声音，不再妥协！

不过，买来的勇气总有用完的一天，但是想得多的人有个好处，总爱提前担心，懂得未雨绸缪。在开始喝第二瓶之前，他就开始和那位店主取得联系，但对方的回复和之前说的一样，他买的就是最后两瓶。后来又联系店主，就再也没有回音了，好在那时候还有勇气面对那个没有的结果。

在最后只剩三瓶盖原汁的时候，他安顿好家

里和公司的事儿，用第一份药饮给了自己勇气，搭乘飞机辗转故地，回到了那家卖花的书店。

他不知道给他力量的除了勇气，也有那份害怕回到从前样子的恐惧。

结果到了地方他才发现，原来那天买给他勇气汤的人并非店主，而是一个临时打工的店员，而且就在前两天刚刚辞职不干了。他从这位真正的店主那里得知，店里从来也没卖过什么勇气汤，店主甚至还笑他说："怎么会相信别人可以给你勇气，还能做成汤，而且还能买？这是小孩子都骗不了的把戏啊。"

他很是失落，但好在勇气汤的作用还在，不至于因为失去依赖品而乱了方寸，也因此他依然相信那药饮的作用，相信那个给他勇气汤的店员说过的话。

他问店主那店员的下落，店主也不太清楚，只知道是出来旅行的，现在回家了。店员的家在一座有很多暗泉的岛上，就在海对面，具体的也不清楚，还有一个重要的信息就是，店员和"谁的厨房"那位老板很聊得来。

他似乎看到了些希望，瓶子里那第二份药饮在蠢蠢欲动。本来这次离家出发前就预定了"谁的厨房"当天的晚餐，那里的饭菜是除了这药饮以外，这小城里最让他想念的东西。

他故意吃成了今晚的最后一位客人，得以找机会和老板聊上几句自己关切的话题。平日里不胜酒力的他今天也小酌了两杯，已然把自己搞得有些晕乎乎的，不过终是没忘了正事，而且这酒劲倒让他聊得更开怀了。谁知那老板竟也是个相信神话的成年人。

他问那老板相不相信"勇气汤"这回事，那老板回答他说："你的追寻会让它成为存在！"

通过聊天他得知，那个卖汤给他的店员，也是这餐馆里某天晚上的最后一位客人，那天他和这位老板也一起喝了不少酒。就像今天相谈甚欢的他们两人一样，那个店员和这位老板聊天时给他讲了一个故事，说是当年秦始皇统一天下之后，四处寻找长生不老的仙丹灵药，更是派出三千名童男童女去海外访仙寻药。作为保障同行，还另配了两千名工农医教方术兵士，哪知途中遭遇海难，由大将军带领的那艘三千孩童的船只与船队失散，不知去向，而余下大部分人，得一位高人相救，漂流至此地。为避免秦始皇问罪，高人施展仙法，将他们所在的一片山水与大陆分离成岛，设了结界。因此，那岛虽离此地不远，但不懂如何打开结界的人，便无法出入。

安定下来之后，那位高人以天道为根本，博引众多学说之经典，广开众妙之门，教化众人，各安天命，各得其所，将那避难的小岛经营成了一方乐土，他的仙法也得以流传。很多弟子跟随他修行，古时曾经从那岛上流传出一部《汤液经》

至今传诵，造福百姓。

听到"汤液经"三个字，他断定，他要找的"勇气汤"就在那座岛上。

接着老板说："那人告诉他，那座岛叫暗泉岛，就在码头向正南二百一十二海里处，那片大雾的背后。你来得正是时候，这雾就只有在夏至这几天前后才会有。"

"那他有没有说过穿越结界的方法？"他兴奋而迫切地问。

"他只说，无为法才能穿越结界，能说出来的方法都不行。"听到这儿，他那热切的心，顿时像被泼了冷水。

那老板也不管他的反应，接着说："不过他说了，再严密的结界也是人为的法术，而再高深的法术也超不出天道的规律，而道法自然，天、地、人都是自然的一部分，顺其自然去行动，然后顺其自然！"

"啥意思，听天由命？"

"是船到桥头自然直！"

"什么是自然？"他问。

"自然没脑子，你有脑子。"

"是不是人不用头脑算计的时候，自然的智慧就出来了，而这一切又没法提前设计，一提前设计就又是人为的了？"他不知是问自己还是问那老板。

"也就是说人不作的时候，道就会发挥作用！"还没等老板回答，他又继续说道。

谁知那老板突然凑过来，一抬手捏住他的鼻子狠狠地拽了一下，质问道："你那个道的智慧现在在哪儿？"他被捏得哇哇大叫，鼻涕眼泪一大把，真切的疼痛让他登时从思索里回到当下，人马上活脱了，转即又开怀大笑起来，拍着自己的脑袋说："又来了！我这不是还在计算吗？以前怎么看不见呢？"

听见这话，老板又挥起刚才捏他的那只手朝他伸过来。

这一提醒，他立刻又一边叫疼，一边笑了起来，笑得像个傻孩子。

片刻之后，他问老板道："我怎么觉得这些话是有意传给我的？"

"是传给所有想听的人吧！"老板意味深长地答道。

回酒店后，他一直在回味刚才内心那份激荡的喜悦和释怀，他发现在不寻找勇气汤的时候，原来是那么轻松，这轻松甚至比释怀恐惧的感觉更让人舒畅。而且他发现周围的景物，以及包括自己在内的一切都变得鲜活了许多，清晰了许多。那晚他睡得很深，自然醒来的时候，感觉自己睡了好久，看到窗外的月亮才知道天竟然还没亮，恍惚间"无为法"三个字又突然蹦了出来，他总觉得这个东西很厉害，比勇气汤更厉害，好像能解决所有问题。想着想着不由得用手摸了摸自己的鼻子，隐隐作疼，心中好像有一丝庆幸，他似乎很怕这疼消失了，似乎那疼就是他自己。

第二天，他早早出了酒店，一个人漫步在大街上，花草树木风，星月山云海，感觉今天离这一切好近，好亲近。他都没发现，自己竟然忘了喝下昨天就已经准备好的那份勇气汤。

就这样一路踱到码头，昨天从餐厅老板那里得知，早上这班游轮每次都会带着游客去南边那片海域，停泊在最远的灯塔旁，离他想去的那座小岛很近。可以借海钓的机会，乘小艇登岛。

现在的他，对于寻找勇气汤这件事似乎没有多少渴望了。继续此行的大部分动力，更像是因为对那座小岛故事的好奇，又或者说是想体验一下那"无为法"的"自然"。他觉得，这或许可以解决他所有的问题，因此而一劳永逸。

登船之后，他先预约好了海钓的小艇，一切

都巡章有序地进行。午餐过后，困意冒了上来。

一觉醒来，游轮已在最远的这处灯塔旁停泊了下来，他知道此处离那神秘的小岛不远了。灯塔建在一个小小的平台之上，守塔的人和船长远远地寒暄了两句就回去了。在这个距离，他已经可以看到前方大约十几海里的地方有一片雾气，似乎是在动的，他心里既兴奋又紧张。在那雾中，时而一道道闪电划过，雾气笼罩下有没有小岛还无法看清。

船长和几个游客正在他的身边说笑，看着他朝着那片雾的方向出神，过来对他说，"传说那边有座岛，上面有位神仙，解救过不少海上遇难的人，见过他的人都得到了点化，回去后各自都成了人物。有很多渔人到了这里都会朝那个方向拜拜！"

"您认识去过的人吗？"他略带试探地问。

"听说过，但不认识，不过很多次我都想去

试试。"船长一边神往地回答着，一边朝那方向
拜了拜。

天空越来愈阴沉，船长面色凝重，似乎对今
天的海钓有点犹疑。突然间，一道烟火划破昏暗
的天空，正是那雾气方向有人发出了求救信号，
有个船员跑过来把望远镜递给船长。"准备救
人！"船长一声令下，已经有人放下小艇，向雾
气方向驶去。很快大家就看见，船员驾着小艇拖
着一艘橙色充气船驶回来。小艇上多了一个神色
焦急、穿着救生衣的年轻人，看他干练的登船架势，
似乎也是个渔水之人。

和年轻人交谈过后，船长拿出腰间一个锡制
的酒壶，喝了一口，然后果决地做出了部署。原
来那年轻人的同伴在那雾的附近连船带人被海浪
卷走了，似乎这一切跟那小岛有些关系。船上的
气氛不知什么时候开始变得紧张起来，阴郁的天
色之下，游客们的脸色也略显凝重。

　　一边和陆地联系，一边准备对另一个人实施搜救，所有人的注意力都被眼前的状况所吸引，也不知是什么时候，那雾气已经来到大船跟前了。

　　似乎只有他密切地注意着那道移动的雾气，甚至心里还一直在盘算着"无为法"和"顺其自然"的事儿。突然间，他感觉到船正在被某种暗流带动着，巨大的船体开始朝右舷方向微微侧移，他下意识地去摸了一下勇气汤，只是手在口袋里摸了个空。这一刻他才想起来，勇气汤被落在了酒店里。他好像一脚踩空了似的顿时慌了神，连呼吸都急促起来，那昨晚被捏过的鼻子又突然疼了两下，让已经掉进恐慌旋涡的他，又听到了萧瑟的风声，看到了漫旋的雾气，感到了湿冷的海风，人竟就这么莫名地平静了下来。

　　船长也察觉了船的晃动，随即快步向驾驶舱奔去，情形越来越明显，船似乎跟着那雾气裹挟的风向在转。船上的游客们，都看到了眼前的危机，他惊讶地发现，有好几个同船的游客此刻正在喝着某种饮品，虽然瓶子各不相同，但瓶身上似乎都有些字。离他最近的一个小伙子用的是个白色瓷瓶，可以明显地看到有个"信"字，另一面想必是个"自"字了。这时候他才猛然意识到，船长的那个锡制酒壶上好像也贴着字，难道这船上的人都是来找那小岛寻汤的？

　　好像不只他，有些人也发现了，大家都在喝着某种让自己更有力量感或者安全感的东西。一时间，人们也不知该如何应对这场心理撞衫而愣在那里。好在风雨也不给他们尴尬的时间，大家的隐私一下子被这风雨揭露，又一下子被这风雨遮掩成了雾。忽然，一个大浪袭过，船身猛烈地摇晃起来，几个没站稳的人都是一个趔趄险些跌倒，大部分都从头到脚的被卷起的海浪打湿了，紧接着是吱吱嘎嘎的碾压摩擦声。随着一声鲸鸣般巨大的闷响之后，船停止了晃动。随着又一道闪电，那风雨雾气顷刻消散不见了。海面也恢复了平静。惊恐过后，所有人都拥到了船舷边上一看究竟，回过神来的人们发现，船已然搁浅在了一片礁石滩上。

很快几个船员放下梯子，由船长带领着，登上礁石滩勘查船体的外部损伤，另一部分人去检查船只内部的情况。

其实船体的损伤并不严重，只是内部电子系统、通信设备，包括船上的所有罗盘都失灵了，勘查船底的潜水员报告说，主桨的一部分桨叶卡在了两块巨大的暗礁中间，没办法转动了，看来情况有些棘手。

面对这一系列的突发状况，他心里似乎早有预备。虽然也和众人一起对着这境遇起了反应，但他始终有一部分注意力在观察着整个过程，甚至也包括他自己在内。

起初刚看到这是一个小岛的时候，他先是激

动了一下，然后又转而有些失落，因为他断定这一眼就可以望到头的礁石岛绝无人迹，并不是他要找的小岛。尽管他已经没那么迫切了，但多少还是有些失落。而其他同船的人，也都还没什么失态之举，不知是不是刚刚都喝了药汤的效用。

船长这边通过勘察发现，这小岛就是一块巨大的礁石，有意思的是在岛上的石缝隙里还发现了半截桅杆，估计是之前的落难者留下的。除此之外，再没有任何有人存在过的痕迹了。看到这半截桅杆，船长那颗有点不知所措的心好像振作了一些。

船长开始回顾整个过程，不解地想："在灯塔那里明明已经下好了锚，怎么还会被这并不汹涌的海浪卷走呢？"正思索之际，突然感觉到脚下的小岛好像在轻微地移动，"原来那雾气和这小岛竟然都是活动的！"船长一下子意识到，不由得心头一凛。心想得尽快想办法让船重新起航，不然的话，不知会和这荒石般的孤岛漂到哪儿去了。

要赶快解决主桨卡住的问题，又一位船员潜到水下勘查，然而并没有什么新进展，不过在水面上，船员倒是找到了原因，他们发现游轮的涉水深度超过了额定值，也就是说，在某一瞬间船变沉了，导致涉水深度过深，主桨叶才会被卡住的。

"难道是在大家喝药水的一瞬间船变重了？"不知为何他的心里突然冒出这个想法。

船长略加思索，接着指挥船员放下所有的小艇，系住大船的船体，要尝试借助这些小艇的力量一起向海里拖拽大船，也就是想把卡住的主桨从礁石缝中拔出来。不过此时的游轮仿佛一条搁浅的白须鲸，而那些小船像是自不量力的鱼豚，纵使再怎么努力，也不见丝毫移动。

一番尝试之后，眼看着太阳开始西垂，那雾墙又远远地出现在了视野里，船上的氛围骤然紧张起来。

奇怪啊！出发时明明是一切正常的，船上的游客和货物并没超过额定承载量啊！

难道是穿越那片雾的时候，让船上的某些东西突然变沉重了？不管是什么，看来要想离开，就只有减掉过载的负担，让船变轻，利用海水的浮力，把主桨从石缝里解脱出来。这是目前唯一可行的办法了。船长带着船员们做起了断舍离，将一切可以丢掉的东西搬到岛上，但是一番折腾之后，船体起浮并不大。

看来沉重的东西还在船上，应该是在游客这里。也不需要怎么动员，大家都已经把各自的行李物资纷纷交给了船员，搬上了小岛。奇怪的是，终是如此，那船也没什么太大的起浮，到不了脱离礁石的程度。

那雾墙在一点点地拉近，船长神色凝重地看着雾气的方向，拿起手里那只贴着"坚定"的锡制酒壶准备喝一口，绝望和坚定竟同时从他眼睛里闪过，忽而又愤愤地把那空瓶抛向了大海。

"我们必须借助涨潮离开，我想请大家再看看还有什么沉重的东西是可以丢在这里的？目前形势紧迫，如果再经历一场风雨，不知道我们的船还能不能承受，也说不准会随着这岛漂去哪里！"船长控制着自己激动的情绪，恳切地对大家说。

人们稍微放松的心，又再一次悬了起来。奇怪的是，就在船长把瓶子抛向大海的一瞬间，船体似乎出现了轻微的晃动，众人虽未发觉，可是却被一直在观察的他察觉到了。瞬间，他意识到了什么，原来那些沉重的使船不能启航的东西，正是每个人手里抓着不放的一瓶瓶药饮。

他好像明白了什么，不由得猛地站起身，谁承想，他那前一晚被掐过的鼻子正被旁边人扔东西的手臂扫到，这下子似乎碰到了他的开关，疼得他大叫一声，把自己这忽明忽暗的心给叫醒了。

他也不管自己鼻子的状况，对着众人直言道：
"大家都是来找那小岛的对吗？"众人先是一怔，
然后相对无言，默认了他的判断。大家都没发现，
仅仅是众人的这份默认，都让整艘船轻松了不少。

他接着说："让我们变沉重的是什么呢？难
道不是对这药水的依赖吗？如果这些药水真的是
痛苦的解药，那我们内心深处的不安应该早都消
失了才对啊！

"我们是在找那生产药水的岛，还是在找一
个能让我们彻底逃避的地方呢？我们是在找那药
水吗？我们其实是想把所有不愿意面对的痛苦和
责任，没有任何顾虑地交给一个不会因此受伤，
不会令我们背上心理包袱的药物，甚至人，这才
能让我们完成终极的逃避。

"大家真的觉得这世界上有可以逃避痛苦的
药吗？还能做成汤，而且还能买到，这是小孩子
都骗不了的把戏啊！很明显吧，当我们把希望寄

托在某种药水上的时候，是不是会因为害怕失去这种药水而又产生了更大的恐慌呢？难道我们还要找另一种药水再来消除这种恐慌吗？"

这时，船长突然怔怔地接话道："我就是来找那另一种药水的！"众人一脸惊愕。

他没有理会船长的话，继续说道："在风浪里不只我一个人尝到了打在脸上的海水了吧？是不是和我们手里抓着不放的药一个味道？我们岂不就是漂流在大海里喝海水解渴的人吗！"说话间，他不由得语气激动起来："我一直都在喝勇气汤，但尝到海水的那一刻，我才明白，这世界上根本没有这种汤，或许那只是一个善意的谎言。没有什么药水可以让我成为一个勇敢的人，刚才那凶险的风浪让我看到，勇气就在绝境当中，勇气就在恐惧当中。而我的问题就是永远有办法不去面对这份恐惧，也就永远无法走到恐惧的尽头，无法看到恐惧的另一面是什么。现在我明白，逃避不会带来任何终结，只会不断地把我拖进另一种痛苦的循环。所以即使我用了这药水，不管我做出了什么成绩，获得了什么成就，其实我的心一点都不踏实，不轻松，深处的惶恐从未消失。而对药水的那份依赖反而让我的心越来越沉重，好像在我的生命里，我本来的样子越来越不重要，我感觉离自己越来越远，而离自己越远就越没有力量，越没力量就越依赖它。

"其实今天的这个逃无可逃、进无可进的绝境，恰恰是我们最好的解药，人只有到了绝境才有机会面对真实的自己，只有无可依赖的时候才会跟随自己!

"此刻的海难让我意识到，或许对生命来说，真正重要的不是成为某个成功的勇士，而是成为真正的自己，即使是不勇敢的自己，因为只有成为自己，我们才真正地活过!"

"一个勇敢的人怎么会需要勇气，他甚至都

不知道世界上有这样东西！一个坚定的人怎么又去寻找坚定呢？"船长抛掉那瓶子之后似乎清明了很多，他接下来的话也表达出自己的感慨："那些不需要寻找的，其他人不能给我和拿走的东西才是真正属于我的。"他苦笑了一下，接着说道，"为了逃避，我们竟然敢铤而走险来到这里，为什么就不能直面一下我们逃避的东西，说不定那会比逃避还安全，最多也不过是今天这样的绝境吧！"

他会心地看了看船长，转而对众人接着说道："不知道你们都是来寻找哪种药的？我希望大家能从我的故事里意识到是什么让自己的生命变沉重了，然后放下它，活出真实的自己！因为我们在同一条船上，因为你的放下会让我们有机会重新起航！"

话语间，那礁石岛上好像有一眼暗泉，在这一刻喷涌而出，沿着礁石之间的缝隙，源源不断地流向大海。

话音未落，一位老人突然从人群里站起来，把手里的瓶子远远地抛向了小岛。那瓶子落水的声音，如钟似鼓般听得人心头一振。人们纷纷陷入了各自的沉默，似乎是在反思自己那已经触礁的生活，也可能是在为自己的现状找理由。

此时，那老人家已在甲板上自顾自地跳起舞来，那样子颇为享受，像个忽然收到礼物的孩子。这当众一舞或许是他心底的梦想，或许只是此刻的绽放！此刻他觉得，活比活下去重要！随即，接二连三地又有几个人开始抛掉手中的瓶子加入了舞动，逐渐共舞的人越来越多，直到这快乐轻松传递到在场的每一个人身上，无论年纪身份，一船人个个都像个天真的孩子，用肢体言说着内在无忧无忌的欢喜！此刻，这群人倒真像是来这里度假的了。

那些抛出的瓶子竟都漂至这小岛，化成了一块块礁石，融成了它的一部分，随着这些"沉重"

的不断堆积融合，小岛一点点下沉。同时，变轻的船体不断地上升，两股力量开始反向作用，小岛周围的碧海蓝天都活脱起来。

随着一声金石交错的鸣响，那卡在礁石中的主桨已经从卡点中脱了出来，摆脱了桎梏，又慢慢地开始转动起来。

不过船并没有向前，而是继续向上浮，船变得越来越轻，轻得就像一个梦，直至浮出了海面，飘离了大海，飘上了天空。不知什么时候，甲板上扬起了帆，船随着风轻轻地摇曳着，船上的人们继续共舞着。就这样摇着、舞着，飘回了岸上，飘回了某个人的心里。

前一晚他喝醉了，醉在了这个小餐馆。而现在，天就要亮了，梦就要醒了……

此岸

背包里的食物和船上剩下的淡水 被按每天所需分成了几份 他做这一切的时候如此平静、专注、自然，不像是一个历经磨难流落未知海岛的人，更像是一个全神贯注在完成仪式的祭司。这一刻恐惧和希望都无孔可入！

　　"乔纳森"既是他的中文名，也是他的英文名。虽然三岁就和父亲来到这个国家，但时至今日，他仍然时常会感到一种无法融入的孤独，他曾努力地去尝试过成为一个真正的本地孩子，甚至故意不学中文，也因此没少被父亲教训。但他发现，越是努力融入，越显得格格不入。

　　纵是如此，他也没放弃过与这份漂泊感的对峙！这份倔强仿佛让他从一个流浪的孩子漂泊成了一座孤岛。

　　工作之后，他一直认为，取得成就、体现出社会价值是融入这异国他乡的最好路径。然而这条路并不顺畅，内心的期待与现实的差距时常搞得他身心俱疲，但他似乎已经习惯了这种向外追求认可的生活状态，因而对自己的感受并没有多少察觉，或者说关注不到。直到前些日子，一位老同学的突然病逝，才让他恍然意识到，需要内观一下自己了。最近，他正尝试着从这些自我证明的压力和对抗中解脱出来，让自己缓解一下，活得轻松点。

他已经记不清有多久没有好好照照镜子看看自己，有多久没有好好抱抱妻子、陪陪孩子，有多久久没有陪父母一起聊聊天。

看起来他做了他该做的事，扮演了他该扮演的角色。但他就是感觉不到自己，他时常感觉到他和别人之间的距离，甚至和自己之间的距离。

其实有时候他也会问自己，难道我只是配合着社会流程活着吗？如果不是，那出路在哪儿呢？有时候问题的答案并不重要，而对答案的探索才是关键，每次当他想选择认命的时候，总觉得前面有盏灯在摇摇晃晃，好像在招呼他继续往前看个究竟。

乔纳森不断地试着去学习各种让人轻松快乐的东西，他也会向那些看起来过得还算快乐的朋友去了解，他也发现有人建议他去金钱里找，去赌场里找，在酒场里找，去女人那里找，在游戏里找……

不过尝试了一段时间之后，他发现干这些事儿得不偿失，因为要么做时偷偷摸摸，要么事后自愧自责。

他总觉得有一双眼睛在充满期待地看着他。他觉得和那一时的快感比起来，因做这些事而留下的痛苦更多，这么干着实在是不划算。

尽管他不清楚内啡肽和多巴胺之间的区别，但他知道那些不是快乐，只是"暂时不痛苦"。

寻找快乐的日子并不快乐，他就像一个丢了钥匙进不了家的人，在四处找着那个叫作快乐的家门的钥匙，找着找着却把自己给丢了。

某一天，他幡然醒悟："或许是自己把钥匙锁在家里了，它根本就不在外边，或许应该向内去寻找吧！"

那天，因为孩子的事情他又和妻子争执了起

来，他一个人离开家，想到外面透透气。正在街
上闲逛的他，被一间酒吧里传来的歌声吸引住了，
"千云万水间，中有一闲士。白日游青山，夜归
岩下睡。忽而过春秋，寂然无累尘。快哉何所依，
静若秋江水。"他竟从这首特别的歌里听出了唱
诗班的味道。

他跟着声音不自觉地走了进去。这歌词的内
容，让他隐隐感觉到好像这里有些他想找的东西！

通过和这位跟自己父亲差不多年纪的主唱聊
天，他得知这是位曾经在哈特—阿什伯里住过，
也去过中国寻访冷山足迹的嬉皮士。他本来一项
不喜欢嬉皮士的作风，觉得他们并不是解放心灵，
而是释放欲望，作为中国人他一直猜测那本备受
嬉皮士推崇的《冷山诗集》被误解了。尽管目
前他对两种文化都不太了解，但他先解放了自己
的评判。不过乔纳森没有从这个人身上看到那种
离经叛道的放荡不羁，倒是透着一股历经世事后

的悠然洒脱。

"你必须了解真正的中国文化，而不是别人灌输给你的那些观点，那是一个佛学思想和道家思想结合的产物，修习它可以彻底改变人的生命状态，改善关系，更有创造力，甚至带给人终极的快乐和彻底的自由……"

他一边听着这位曾经的嬉皮士，也就是后来被他称之为"老皮"的朋友侃侃而谈，一边看着老皮文在身上的"道"字。虽然没有好好学过中文，但他也认出了那是个汉字，他心想，老皮不应该文个"禅"吗？难道是我记混了吗？

其实他并不完全相信这位朋友的话，特别是最后那句终极又彻底的话。反复向他确认了很多次，最后这个作用是不是借助了什么"药"的结果。他对嬉皮士贴的负向标签时不时会出来作怪。

不管信不信，但是他们聊天的时候乔纳森有了一种轻松和自由的感觉，其中还夹杂着一种儿时背着父母约会的紧张和兴奋。他喜欢这种鲜活的感觉。所以接下来的一段日子，他经常来找这位老皮聊天，并且在老皮离开这个城市之前，跟老皮学会了对着一张画像"静坐"，更准确地说是他学会了坐着睡觉。在静坐的时候，那盏经常出现在他脑袋里的摇摇晃晃的灯还是会出现，不过不是引他向前，而是好像在示意，让他就在原地停下来。这一放松，就搞得他大部分时间在睡着了的状态。他认为这个类似瑜伽的东西和"禅"有关系，老皮管这些行为叫禅坐。

乔纳森觉得一直以来内心的压力的确释放了不少，空落落的心似乎有个东西牵着靠着了！他觉得自己正在和自己靠近。

不久之后，老皮离开了这里，说是要去某地参加朝圣，临走之前老皮把那幅神秘的画像留给了他。

不过乔纳森的修行之路并没有因为老皮的离

开停下来，"瑜伽""禅修""冥想""打坐"，他甚至还参加了很多像素食主义者这样的团体，甚至为了身心更纯净，他有一段时间不吃加热过的食物。因为他听说，不食人间烟火可以提升到更高的境界。他把市面上能找到的，认为还算得上修行的东西都学了个遍。

乔纳森对那副神秘画像上发着光的人有了更深的了解，那是一个叫"惠能"的圣人，据说他的肉身千年不坏，至今仍供奉在庙里，虽然不能像上帝那样把所有信奉他的人带上天堂，但他可以赐给你上天堂的智慧。乔纳森对自己祖国的这位圣人有很强的亲切感，他暗自决定日后要去这位圣人的天堂。

为了到时候好跟这位圣人介绍自己，他还把自己的中文名字改成了乔庄。后来的他成了修行人士中的佼佼者，甚至成了领军人物。因为他是华人的关系，他对中国经典文章的学习和理解有着先天的优势，因此他很快掌握了"道"和"禅"的知识和理论，甚至超过了很多教过他的人。

他也发现了嬉皮士们是发挥了"禅"的思想，但有很多话说的是不准确的。确定了那个文身不是"禅"，而是让他觉得更神秘的"道"，还知道了"ZEN"就是"禅"的译音，"ZEN"并非源自日本而是来自中国。

他越来越久地在那个"暂时不痛苦"的状态了，他也经常照镜子看自己了，他的人际关系也得到了不少改善，他也开始去关注身边的人了，但都要在他的仪式和修行完成之后。他整个人看上去确实比之前平静多了，就像一直活在某种仪式里，但只是看上去。

因为他觉得似乎不去做那些仪式，他就会被画像上的人惩罚，或者说不再关照他了。

用自由去换取自由，其实就是从一个圈套跳进另一个圈套，没什么实质性改变的，无非是叫作"自由"的那个圈套听起来让人更舒服！尽管如此，人们还是乐此不疲地这么干着。

这方式产生了药物依赖一样的后果。没有带来他想要的彻底快乐，对于痛苦和压力，他倒是比以前更敏感了。依赖什么就会被什么套住。这将是他以后会经常讲给别人的一句话。

日子久了，他也觉得这么下去可能会有问题，扪心自问："修行之后，不应该活得越来越轻松简单吗？"他确定必须得尽快从这种方式中解脱出来才行。找东西套住自己，然后想办法解脱出来，这就是所有人生游戏的设计套路。

他记得老皮说过，修禅的最高境界就是像画像上那个人一样的神圣。那是老皮的理想，老皮的朝圣就是去遥远而又神秘的东方，他的故土——中国，找一位能帮人修行成道的隐士，帮他们这些人尽快成为和照片上的"惠能"一样的圣人。据说那位隐士，当初为了修行远离凡尘，独居在一个无名小岛上，有人因为遭遇海难，漂到那个岛上，有幸见到了他。关于圣人的传说只在少数禅修的专业人士中间流传。

从那一刻起，他就产生了一个很疯狂的想法，"去找到那个圣人，让他指点我从所有的圈套中跳出来，解除所有的压力和痛苦。"

不过念头一出就被他自己摁下去了，怎么可能？这一去差不多要两三个月的时间，虽然作为一个设计师，他工作时间相对灵活，但是要面对的绝不止工作这一件事，"停下来"对大部分人来说是一件比"动起来"更难的事。

乔纳森的老婆对他修行这件事的态度，既不反对也不支持，只要那些烦琐的仪式不要太影响生活就行。不过她受家庭影响，对中国文化倒是很欣赏和向往的，所以在乔纳森学习中国文化这方面还是给了很多的支持。她是一个很知道自己要什么的人，她很爱乔纳森，尽管乔纳森身上的问题她都看得一清二楚。

等了将近一年，也没有老皮的消息。只是修行圈的人都在传，说是老皮留在那岛上，跟随那圣人学习了。这让他更加好奇，到底那个圣人有何魔力，能让一个那么崇尚自由和远方的人皈依追随呢？完全的臣服是种什么样的感觉呢？若是他自己去了又会怎么样呢？好奇是最好的老师也是最纯的动力。他终于还是决定去追寻那传说中的圣人，期待着见过圣人之后的自己。仿佛见过圣人，自己就可以成为圣人。没想到，老婆知道了他要去中国朝圣也很是兴奋，全力支持，并要求他回来时给她带一本帛书版的《道德经》。

在出发前一夜，他们都梦见了一盏恍惚摇曳的灯。

其实，从老皮第一次给他介绍这个小岛，他就开始了对行程攻略反复的研究揣摩，如今早已烂熟于胸。准备好了相关证明和物资之后，他便悄然上路。

　　飞机根本到不了那座小城，只能先飞到北京，然后再从北京转机或转火车，再转汽车，穿过新城区、古城，再到授渔镇，那古老的渡口就在这个小镇的最东边。虽然几番周折，但他并不觉得辛苦，这一路上的人文风物，川流阡陌，足慰这一路的舟车劳顿。从大都市到小古镇的旅程，就像缝补思绪的针线，恍惚间尤似穿插了几个时空，心里徒增了无比的感叹和自豪。兴奋的他，不停地向家里的亲友分享着舍不得眨眼的喜不自胜。

　　终于辗转到了小镇，接下来就是等。这里有一个叫"神龙尾"的风，只有这风来了，才能吹开海上那片雾，那股洋流才会来，那场打开小岛的风雨才会来。这半个月的时间，也并非是苦等，他住在了一所老旧的小学里，说是小学其实也没学生上学了，只有原来的语文老师一家住在这个院子里。因为很少有老师在这个小地方能待得太久，所以这里的孩子都到新城区的学校上学了。虽然路途远，但至少能有个稳定的学习环境。

利用这段时间，乔纳森对这座神秘的小岛有了进一步的了解。

相传很久以前就有人在这个小岛上生活，最早去的是一位会观天象的道士，看到那里曾有仙人成道，就带着几个有道行的徒弟驾船前往了。为了清修不被世人打扰，就点水雾为墙，设了仙障。后来到了唐朝，有位叫无碍的禅僧也去了那里，据说也是从这个渔村出发的。这些渔民们的先辈，当时看到这禅僧把禅杖往水里一抛，然后就立在那禅杖上渡海而去了。

后来有些渔民因为海难的关系漂流到那座岛，得到过岛上人的救助，还帮着他们返回家乡。有的就干脆留在那岛上随圣人修行。那些回来的人为了表示感谢，到过节的时候会朝着那岛的方向焚香叩拜，感谢救命之恩。而且回来的人对岛上的境遇都含糊其词，描述的也都不一样，进出岛的途径更是各不相同，不知是记不清了还是故意隐瞒了什么。现在这些线索都是从一些只言片语中提炼出来的。不知情的人就以为是岛上有神明，礼拜一下就会得到保佑。后来这消息通过下南洋的人传了出去，接着世界各地都有人专门去那里朝圣拜神，据说只要受过岛上神仙点化的人，回来后都成了各自时代的大人物。不过只有少数幸运的人才能得到点化，即使是很有经验的老渔夫也很难做到，大部分都无功而返了，而且近几十年已经鲜有人做到了。

要去那个地方除了驾船的技术，还要对附近的洋流和风向，气候很了解才行。因为要借助合适的风向和特殊的洋流才能把船驶到那里。更具挑战的是，想要去到小岛，还需要借助一场风雨，那风雨要么把你送上岛，要么把你推回来。其实很多人是被那风雨吓回来的，并没有真的去穿越它。

　　就算你敢面对，这样天时、地利都合适的日子，一年之中也就只有十几天，而且只出现在夏季，并且就连这样的日子也不是每个夏季都有，也就是说必须要在这十几天里往返。

　　渔民们愿意去的原因除了很好的报酬，还有凡是能从那里回来的人，不论有没有登岛，都会成为英雄般的人物，到了哪里都会被奉为上宾，连家人后辈都跟着沾光。更重要的是，若见到了岛上的神仙，那未来可就发达了。

　　念念不忘，必有回响！果然"神龙尾"风起了，乔纳森和一个村里人推举的年青水手，在第二天上午架着一艘装备精良的小艇在巳时三刻出发了。虽然看起来天有些阴，但他们还是按照原计划出发了。那小岛其实并不太远，也就百十海里的水程，这个时间出发到那雾墙附近的时候正好是午时，应该是雾气最小的时候。

月白色的小艇在那年轻人熟练的操控下，宛若白马夺风破浪前行，只是行了许久，天色却不见转晴，甚至感觉越来越暗，太阳始终躲在厚厚的云层之后，似乎有意为风雨需要的昏暗让路。

还有不足十海里的时候，远远可见远处那片并不很厚的雾气，似乎雾后的海面并没有什么小岛，依稀可以听到，那雾气中雷鸣电闪的声音，想必那风雨已经开始了。船速慢了下来，两人换上救生衣，把手臂伸进海水里闭着眼睛感受着洋流的方向。根据水流和风向扬起了帆，接下来要随着洋流，利用风迂回着接近风圈。紧张、恐惧、激动、兴奋一时间弥漫这艘小船，两人全神贯注地准备着一次对未知和恐惧的穿越。年轻人不住地调整着帆的方向，乔纳森已经把救生艇充好气，系在船尾。突然，一声悠扬的汽笛从侧后方传来，原来是一艘供游客海钓的邮轮在灯塔处附近泊了下来。这汽笛声犹如一声晨钟，顿时让两个埋头工作的人一个激灵，这时他们才注意到小船已经离那雾墙只有几百米了。乔纳森发现那雾墙似乎是在围着某个中心在旋转，而每一次闪电之后那雾就会出现一个晴朗的缺口。

尽管对进出岛的方式乃至传说都听了不知多少遍，但是没亲身体验过的东西都是未知。生活的危险和精彩往往都同在一处叫意外的地方。意外真的来了，小船的桅杆竟被突如其来的一阵旋风卷倒了。尽管年轻人早看到了那股风的来势，急急收帆，但终究还是帆缓风疾，桅杆被那风尾扫到，从中间断裂倾倒了。好在船体不大，可以随着水势浮沉，在浪里几番起落。而他们早已有所防备，人员无恙，只是那倒下的桅杆鬼使神差地砸进了驾驶舱，船舵被砸坏了。面对突如其来的变故，两个人只是惊愕，也来不及慌乱。情势紧急，具体的损失来不及仔细查看，两人决定先去那大船求助，他们似乎都找到了逃走的充分理由。年轻人熟练地放下救生艇，跳上去一边翻找信号枪，一边招呼正在整理背包的乔纳森上来。哪知第二个意外接踵而至，忽的又一阵风浪旋来，竟把这受损的小艇卷了个船头变船尾的一百八十度。未及下船的乔纳森重重地摔在船舱里，眼前一黑几乎晕了过去⋯⋯

等他努力着恢复清醒挣扎着站起身来的时候，发现已经和救生艇相距甚远了，远得像两个时空。

这条船已被风浪推送到了雾墙的近前。这一切快得不可思议，他可以明显地感觉到随着那雾墙的转动，小船正在被它拉近。眼看着电闪雷鸣搅拌着风雨猛浪裹挟着他和这船，恐惧像那闪电一样围着他此起彼伏地劈将下来，慌乱得他连呼吸都急促无章。他紧咬着牙关，好像一张嘴那紧张的心便会从嘴里蹦出来似的。不知所措的乔纳森抓住手腕上的念珠，祈求那岛上的神仙，以及他拜过的那些信与不信的神明，能救他出这恐惧的苦海。可能是心念不够集中，祈祷信号发射得不够精准，他那些出于恐惧和逃避所坚信的和不信的神，没一位来救他。

风浪倒是一刻不停地席卷着他仅有的思考，似乎一点儿想的时间都不留给他，眼看就要撞上那旋转的雾墙，乔纳森顾不得那些学过的生存技能和背过的脱险要诀，也没时间思考什么"会"与"不会"，什么"可能"与"不可能"。一时间求生的本能、求生的想法、求生的身体反应合而为一，或者说那一刻连思考都没有，一切发乎自然，不想求谁保佑，不想拜见什么神仙，也不想成为什么画上的圣人，甚至连能否活下去都没时间想。

断掉的大半截桅杆不知什么时候被甩掉了，他踉跄着抢到驾驶舱后面去把控尾舵。他在行动但也只是在行动而已，就在这一刻，不知是他的操作和风浪的推动，还是内境、外境的整合，一个摇晃，连船带人已经被拉进那片雾中了。置身其中，他完全分不清方向，也看不出这雾有多厚，或者那一刻起，他只知道身在雾中。此刻这里的风浪也含糊起来，不似外面那样猛急。心神稍定，一道闪电划空而过，直直地劈砸在面前。一片夺目的光亮之后，眼前一片清晰的暗然，犹如虚空，一瞬间连身体的感觉也没有了，只剩了一份知觉。一切似乎空空不动，但又充满了动势，也不知这是生是死……

等他再睁开眼睛的时候，他依旧在一片风平浪静的海面上，躺在小船里，面朝着白云绺绺的蔚蓝长空。他不知道在海上漂了多久，不知道从哪个方向漂来，也不知要往哪个方向漂去。

他坐起身，斜靠在船舷上，身体的感觉又回来了。最后那一霹雳之后，虽说还有觉知，但是没有什么情绪、想法，身体也没有觉受，那种状况很难让头脑清醒，因为刚才头脑宛若不在。

此刻，竟有种没来由的欢欣喜悦，让他许久都在回味那空灵虚妙的感觉，自问怎么那么强烈的恐惧都能一瞬间消失呢？这个经历让他对生命有了进一步的赞叹和好奇。良久之后，他才意识到要自我检查了一下，发现除了一些磕碰的皮肉之伤，并无大碍，只是此时觉得浑身乏力。他干脆随着身体的感觉睡着了，一副安然自得的样子，把自己交给身体，把船交给大海，就好像已经抵达了他的目的地一样。

他像当初那无碍和尚一样，心无挂碍地穿越了仙障。当他醒来时发现，小船已经靠岸了，搁浅在一片礁石滩上，也不知是不是到了他那心心念念的小岛，还是另外的地方。

他把小船拖到几块大礁石旁，把那剩下的半截桅杆插在礁石之间的缝隙里结实地卡住，然后用缆绳把小船紧紧系牢。

　　清点了船上所剩的物资之后，背包里的食物和船上剩下的淡水被按每天所需分成了几份，他做这一切的时候如此的平静、专注、自然，不像是一个历经磨难流落未知海岛的人，更像是一个全神贯注在完成仪式的祭司。这一刻，恐惧和希望都无孔可入！

　　他顺着海滩信步而行，发现那鳞次错落的礁石宛若一个向上的台阶，很快就将他引至一处竹林。有一条曲径徘徊其间，没几步一个拐角处又见一眼隐泉潺潺地兀自流淌，随手捧起一饮，清甜甘冽，沁人肺腑。既然隐泉在此，那么隐士应该就在不远处。果然一回头，十几步开外伫立着一间房舍，里面似乎有盏温暖的灯光在摇曳，就如同他时常恍见的那盏灯一般。他心中不胜欢喜，大步流星地走至门前，推门而入，这感觉不像海外朝圣，却似游子归家。此刻，他心中明镜般清晰，原来他要找的这岛上的圣人就是他自己。那

颗在外随波浮沉的游子之心和自古未离此岸的神
明自性，当下合而为一。他喜极而泣，那天晚上，
星河若云烟般萦绕在这小岛的四空。

接下来的每一天，都有海上的落难之人被那
番挡路的风雨吹到这岛上。有意思的是，从那些
人的衣着打扮、言谈举止上可以看得出来，那些
人是来自不同时代的不同国家，带着不同人生故
事的人。原来他经过的那片雾是过去、现在、将来，
是诸多时空套叠在一起时形成的景象，而闪电就
是时空交汇时的一种天象。

每天接近傍晚的时候，随着涨潮会送来流落
小岛的新人，第二天随着潮退送走新的归乡之人，
生生不息。

来这里的人都会找到一片竹林深处的房舍，
只是那曲径通幽的小路蜿蜒的方式和屋舍景致
不同。

有意思的是这些人里竟有他认识的，就在第

二天傍晚，潮汐又送来了一船一人，一个戴眼镜的西方年轻人，看装束应该是来自二十世纪八九十年代的美国。他房舍里的摆设简单之极，甚至家具上连把手都没有，一张洁白干净的小方桌特别突出。

从年轻人的祈祷中得知，他大学时曾对中国的一句诗"天生我才必有用"很有共鸣。他始终认为，他之所以存在于这个世界，一定是要给这个世界带来些什么影响或改变，即使不久前被自己创建的公司炒了鱿鱼，也始终没有动摇。他始终在想办法从这件事情带给他的挫败感中走出来，去做真正的自己。这一次他是去印度求学"禅的真谛"，在佛经中读到，佛陀曾经说他涅槃后五百年，真正的佛法会在一个东方大国兴起，还提到了那里一个叫五台山的地方。当他得知那个国度指的就是这里之后，就决定要来这里游学一下。来这里之后，他听说一个岛上有位神秘的禅师，能点化求道之人。所以就借船寻来，遇到一场风雨就来了这里。

怪不得看他眼熟，在乔纳森那个年代，这个年轻人真的如他自我定义的那样影响了世界，成为一位创业家，而且和他同名同姓。

乔纳森情不自禁地走到他面前，想提示他日后不要一味地完美强势，若不懂得柔弱守缺的修养，会损害健康。结果即使是站在那个年轻人面前，那人也看不到他。原来他们不在一个时空。

乔纳森想到了一个古老的工具"火"，想把文字写在纸上烧给他，可是这里没有纸笔。乔纳森忽然想到背包里的《道德经》，便把认为可以提示到他的内容撕下来，在他面前烧了起来。果然，那个年轻人似乎收到了灵感，拿出本子，在上面书写起感悟来，但看到这年轻人写的笔记之后，乔纳森就停了下来，因为他看到，明明传给他的是道，化过去就成了法，比如"大盈若冲"

变成了"Stay Hungry", "大巧若拙"变成"Stay Foolish"。原来抱残守缺是他想要的，而不是那年轻人想追求的。

那年轻人因为这灵光一现喜不自胜，忽然间似乎意识到什么，翻了翻背包掏出了仅有的一颗苹果，放在那洁白的桌面上，原来是想感谢神灵。那年轻人刚转身要走，又折返回来，在那苹果上咬了一口，又放回桌面，用笔在那桌面上写下"我来过"，然后捧着这些感悟满意而去，从此奉若圭臬。也不知他何时如何离开的这小岛，从此再也没有见过，想必已经去改变世界了。

接下来他离开前的几天，没有再引导过其他人，因为早已领悟到，其实每个人在这个岛上只能看到自己，每个人都是自己的神圣，你想探求什么，那神圣就会给你什么！如果你只求一见，最后一步只能自扣本心，别人无法让你见到自己的圣人。如果到了此地你无所求，那你就是他。

不知过了几天之后的一个晚上，他又看到那盏清明的灯光在心里摇曳，他知道是时候回去了。他一个人信步沿着那小路走向礁石滩，经过隐泉的时候，他打了满满的一瓶泉水，那艘白色的小船像一弯初升的弦月，映在清浅荡漾海面上的一片粼粼银光之中。他专注而坚定地跨上小船，解开缆绳，安静地躺在船舱里，就像他来的时候一样，闭着眼睛，把自己交给船，把船交给海，把海交给风，把风交给夜，一切任运自然……

几个月之后，授渔镇的小学又重新招生了。把它重新开起来的是一对国外留学归来的夫妇，丈夫姓乔，是个中国人，他们的孩子是这所学校的第一名学生。

曾经有一个年轻的灵魂来我这里学习。他要体会做人。按他的计划安排了整个行程，但是他中途反悔了。他受不了其他人对他的不公平，受不了生活的挑战，厌倦了人和人之间的明争暗斗。他忘了他的计划。他要提前结束这段经历。他说要去做一只自由自在的猪。

于是我按照他的计划，把他带到了一个……

　　一只猪在某一天夜里，被运送它的主人在中途换车时，马马虎虎地丢在了一个城市交界的陌生地方。当时，它不知是该庆幸还是沮丧，总之一颗猪心激动得惴惴不安，那不知何处的何处里只有它一只猪，它很恐惧。它当时的欲望很简单——活下来就好。

　　第二天一早，它发现这里是一个物产丰富的地方，很开心，便忘记了昨天自己还在担心活下来的问题。可是过了几天，它开始觉得无聊孤单，开始用这些食物当玩具，排解心中的孤独。它想起了主人在家招待朋友们的场景，它也开始想：我要是有个朋友每天聚聚就好了。结果就在这天下午，它发现了在这不远的一片森林里，还有一只猪在活动。它想都没想就跑过去了，通常它都会考虑一下安全什么的，可它实在太寂寞了，当寂寞大于恐惧时，猪就会干傻事了。结果那只同类很友好，对它没有任何威胁，于是它们成了好朋友，就这样快乐地过了一段时间。

某一天夜里，它睡得正香，突然听到了嘈杂的人声和猪的嚎叫声，它吓得躲在那里一动不动，直到人声渐渐远去，彻底消失，周围恢复了寂静……

夜里只剩下了它和它的恐惧，直到天亮它才瞪着它的猪眼出来探探情况，一切如旧，它终于长出了一口气，放下了那颗悬着的猪心。

接下来的几天，它都没见到朋友的到来，后来它反应过来了，它的朋友不会再来了。原来那只猪是从猪圈里偷跑出来的，它被关得太闷了，然后躲进了那片树林。随后它见过、听过的其他猪被杀掉、被别的动物吃掉的场面，全都冲进了它的脑子里，它几乎要崩溃了……

接下来的几天它过得魂不守舍，甚至产生了一种愤怒，它在想，难道就只有这样一个下场吗？为什么老天那么不公平？但是意想不到的事情发生了。

在熬过了一个焦虑愤怒的夜晚之后，它的朋友又出现在它的面前，这大大的惊喜差点要了它的猪命。原来它朋友的主人家来了一位叫神仙的人，点化了它的主人，那位主人就大发慈悲把它放了，而且还不再吃肉了。于是，它的朋友成了一只自由的野猪了。

听到这里，它突然眼睛一亮，在心里做了一个决定——要去找那个神仙，要让神仙把它变成人。当它把这可怕的想法告诉它的朋友时，马上招来了反对："现在自由自在的不挺好的吗？要知道神仙在山的那边，这一路去有多少危险等着你，你知道吗？也许还没到那里你就被抓住宰了，要知道现在外面的猪肉价格又涨了；就算不被抓也有可能被其他动物吃掉；就算都不会也有可能会饿死或者生病什么的，多危险啊！再说就算变成人又能怎样？你看我的主人连肉都不敢吃了……"

但不管怎么说，都动摇不了它这颗想做人的心。

"我当然知道危险，也不是不怕，但是我更怕就这么活下去，然后等着别的东西来结束我的生命。我知道这个世界上除了我们见过的，一定还有很多值得我即使丢掉性命也要拼一把的东西存在。"

此时此刻，所有的情绪和愿望都汇成了一股强大力量，它不知道这些话是从哪儿来的，似乎是这股力量把它的猪头冲破了一个洞，有些东西从那个洞掉了进来。

第二天一早，它吃了一顿这辈子最饱的饭，然后朝着有神仙的那座山出发了。它发现这一路确实有很多的危险和挑战，它掉进过一个大坑，却因此躲过了几只野猪的追赶；遭遇了大雨，又因为雨水的浮力让它从大坑里得以逃脱。最大的挑战还是被人发现了，幸亏发现它的是几个孩子，它假扮野猪才吓退了他们，在大人们赶来之前拼尽全力地翻过了那座山。它冲到山顶时已经用尽了所有力气，在它倒下之前，它努力让身体栽向了山的另一边。

它沿着山坡滚了下去……

不知道过了多久，它醒过来时，被眼前的景象深深陶醉了，隐隐约约的云雾缭绕着这片山谷，阳光透过云雾间的缝隙洒在山坡上，坡上青青的新草中散布着各种无名野花，远处的大树下面撒落了一地花果，旁边的小溪经过一片石滩，奏出悦耳的音乐，空气里充满了花草野果的清香，远处若隐若现地飘来牧歌声……

这一定是神仙住的地方了，它兴奋地站起身，抬头望见不远处的半山腰有一个依山洞建成的房子，那里散发着一股让人舒服到无法表达的气息。它不由自主地向那里奔去，它这辈子从没跑得如此轻盈，感觉像在飞一样。

当它来到山洞门口时，有人已经站在那里了，似乎就是在等它，像是知道它会来。它很确定这就是那个叫神仙的人，它也不知道自己为什么这么确定，眼泪不自觉地奔涌而出。这个叫神仙的人只是微笑着看着它，它用激动的猪话向神仙说出了自己的愿望。

那个叫神仙的人很慈祥地看着它，面带微笑，那眼神就像一位看着孩子的老父亲。他耐心地听它讲完后，和蔼可亲地对它说："这样的话我要举行一个仪式，你要做一个这辈子的总结，和一个做人以后的计划。然后我就会给你服下仙丹，去完成这个仪式，不过我要提醒你，一旦变成人，你就会忘记服下仙丹之前的一切经历。还有，我只帮你成为人，至于成为什么样的人，就要靠你自己了。"

"没问题！"面对这个能听懂它猪话的人，

它斩钉截铁地说，"我是一个有理想、有勇气的猪！我想我也会成为一个有理想、有勇气的人！"

那人安详地笑了笑，这笑里似乎有欣赏、有欣慰、有期待……

仪式开始了，焚香之后，神仙给了它一支笔和一叠纸，似乎看出了它的犹豫，便告诉它，你对着这支笔讲，它会把你的话写在纸上的。

它把记忆中一辈子所有的恐惧、愤怒、焦虑、不安、绝望、期盼、痛苦等，统统写了一遍，足足有厚厚的一叠。但是，写到后面，它心中的这些痛苦感好像都消失了，它第一次看到了自己的生命全程。

它甚至开始感谢这些让它抗拒一生的痛苦。

是这些痛苦让它知道了什么叫幸福；

是这些恐惧让它知道了什么是安宁；

是这些情绪让它的生活有滋有味，丰富多彩。

它似乎体验到了一种从没有过的感受，那不

是情绪宣泄之后或者欲望满足之后的快感，而是一种喜悦；那不是一种释放什么或者得到什么之后的快感，更像是一种没有理由的满足和欣赏。而另一份计划书写得很简单："做人！做一个有理想、有勇气的人！"

它不知道什么时候服下的仙丹，只觉得嘴里的感觉似曾相识。眼前的神仙开始模糊起来，最后模糊成了一片光，它跟着这片光飘起来，那种轻飘飘的自由自在的感觉，让它很舒服很享受，它就这样飘着飘着……

阳光很刺眼了，他被光照醒了，昨晚过得很紧张惶恐，因为他的邻居也是好朋友就在昨天夜里被带走了。不知道朋友还会不会回来，不知道会不会牵连他，所有他见过的、听过的和丢掉性命的场景，都冲进了他的脑子。他蜷缩在沙发上一动不动。虽然怕，但他想绝不能放弃自己的理想，他要改变这个世界，他不要别人决定他的命运，即使有危险也要去做。

　　就这么胡思乱想迷迷糊糊的他又睡着了，他梦见自己变成了一只猪，一只会飞的猪，看着地上的人在朝他挥手喊叫：有的向他致敬，有的想和他一起飞，有的想抓住他，有的在嘲笑他……

　　他对这一切毫无反应，自由自在地在天上飘，自由自在的感觉很真实。飘呀飘呀……直到被阳光再次叫醒，外面又恢复了宁静。下午的时候朋友被放了回来，原来是让他去做个证人。他们像往常一样聊天、喝酒，像是在庆祝劫后余生。但是这天夜里，他的心境发生了很大的变化，他要离开这个小城市，要改善现在的生活，要成就一番事业。他要退掉现在的房子，辞掉现在好不容易找到的工作，他要冒一个险，他知道这一路会有很多困难、很多挑战。他没有什么背景，也没什么资本，但他渴望自己可以生活得更好、更自由、更轻松，就像他梦见的那只猪，他是一个有理想、有勇气的人!

他下定决心收拾好行李，退了房子，辞掉了工作，没有和他的朋友打招呼，因为他知道说了也会招来反对，给他一堆不能离开的理由、证据……他不是没有担心，不是没有顾虑，但他知道在这个小城外面的世界，一定有些东西是值得他拼掉性命去拼一把的。他不知道哪来的这股勇气和决心，似乎是所有的那些压抑、担心、抗拒、逃避、渴望拧成了一股旋风把他从现在的生活中卷了出来一样。

他带着猪的梦想和习惯、人的欲望和思想、神仙的智慧和慈悲出发了，向未知的地方，当然一起上路的还有他的理想和勇气……

就在同一天，同样的时刻，在山的另一边，一个叫神仙的人，正在给一群灵魂讲一个故事：曾经有一个年轻的灵魂来我这里学习，他要体会做人。我按他的计划安排了整个行程，但是他中

途反悔了。他受不了其他人对他的不公平，受不
了生活的挑战，厌倦人和人之间的明争暗斗。他
忘了他的计划，他要提前结束这段经历，他说要
去做一只自由自在的猪，于是我按照他的计划，
把他带到了一个……

闲话

『富足就等于有钱了吧？』

『有钱就等于富足了吗？』卷毛狗似乎又想到了一个新问题。

真正想要的，是通过钱带来的那些身心感受。有些感受是钱换不来的，有些感受是要把钱放下才能来的。』大黄以问答问之后继续说道，『钱终究是个媒介。其实人们

『有些穷是钱解决不了的——看看这个世界有多少有钱的穷人和有钱的穷国』白猫接话道。

离村口还有不到二里路，大黄心情颇为激动感慨，它这条曾经一文不名的土狗，终于学成归来了。回想当初离家之时的自己，浑身参差几绺儿的黄毛，活像一捆儿会跑的稻草。这几年隐遁深山，跟随老神仙苦研勤学，不仅修得皮毛顺柔，而且还学成了能让人变得富足的道法。现在，信心满满地依道还乡，心想土狗菜狗们扬眉吐气的日子要到了，被那些宠物狗排挤的日子就要成为过去了。它不由得回忆起宠物狗到来之前和人们相处的日子，那时没人攀财比富，家家安然喜乐。

正在憧憬间，忽然听到几声犬叫，提鼻子一闻，原来是二舅和兄弟小白，它们是来迎接它的。一股亲情涌上心头，它不由得热泪盈眶，激动地回了两声。

众狗见面，一阵亲切闻嗅之后，大家开始交流起来。大黄发现两位亲人的神情里，除了欢迎和激动之外，似乎还有些忐忑不安。在回去的路上，它才知道了真相。原来，现在它们的对头已经不是那些宠物狗了，而换成了另一个物种——猫。不过它们不是普通的猫，是一种叫"招财猫"的家伙。这风气最早是从临镇上传过来的，据说养这种猫可以让人发财，所以现在村里家家都争相喂养。当初那些得宠的名犬，现在大多也已经成了流浪狗，混迹在它们这些土狗当中了。听到这些讯息，大黄似乎隐隐感受到了一股压力，关切地询问二舅，这招财猫和之前那些抓耗子偷鱼的家伙有什么不同，小白抢着回答说："没什么两样，只不过都是些肥肥的白猫。"

"其实最出名的是一只年纪很大的老猫，也看不出有啥本事，不过听说养过它的人都变有钱了，镇上那个兽医金老板也是养了它之后发了不少财！"二舅回答说。

"那猫真的会什么招财的法术吗？"大黄问。

"会个屁，我看是金老板会编故事，我们抓

它的时候也没看见它有啥本事，而且比别的猫动作慢很多。"小白愤愤地回答道。

"什么！你们把它抓啦？"大黄惊讶地问，旋即心里就明白了刚才二狗脸上的忐忑是因为什么。

"大家记得今天是你回来的日子，小白它们要送你个见面礼，谁知道一个没拦住，那几条冲动的青狗就把它给绑了。这不还没来得及处理呢，回去我就把它放了。"二舅略带无奈地回答。虽说二舅是这一带威望很高的土狗老大，但是那些冲动的年轻狗子，偶尔也会做出些先斩后奏让它头疼的事儿来。

看着二舅的神情，似乎感觉它对这事并不是很反感。"反正都整来了，回去先聊聊吧，我也好奇这招财猫是什么样子的。"大黄这番话似乎正中二舅下怀。

说话间已经到了地方，村口外土坡上的这一

大片树林，正是群狗的地盘，只见中间空地上，几只大狗正围着一只胖胖的白猫。面对这许多龇牙咧嘴的土狗，那猫并无惧色，倒是一脸的无奈。

众狗见到二舅大黄它们回来，一拥而上欢迎问候，大黄一边寒暄一边打量着白猫。

二舅发话道："咱们先把这猫放了，然后再叙自家的事。"

气氛一下子陡然凝重，二舅对此不以为然，走上前和那肥猫道声歉，尽显大将风范。那猫也忙说道："年轻狗儿一时冲动，可以理解！"倒也大度。

"听说你可以让人变得富有，是真的吗？"大黄点头施礼之后，礼貌地问道。

"从结果看好像是。"那猫也不推诿。

"不是你的功能吗？或者你也学过什么招财的法术吗？"

"我什么也没学过，只是名字叫招财，世人

都喜欢这名字罢了。"

"听说你活了好几十年了，不会法术怎么能活这么久？"大黄问。

"那只是传说，其实是编故事的人加上了我前面那几只猫的岁数罢了。"那白猫轻笑着回答。

"你说从结果看都富了是什么意思？"大黄问。

"因为养猫的人确实脱贫致富了，但并不是因为猫儿有什么招财法术。"白猫回答。

"怎么说？"小白更是好奇。

"给你讲个老故事吧，在瀛洲曾经有户做药材生意的人家，本来家境挺好，但是这家的儿子好赌，父母去世后又没人管教，没几年便把家底儿都输光了，还落得一屁股债。最后一次被人做局赢走了城里的宅子，只能搬回农村老家的一处小院安身，身边只剩了一只白猫。这只猫叫'招财'，是当初别人输光了钱，抵债得来的。那家伙为了多抵些钱，就跟他说这猫有灵性，有'招财'的功能。这人虽好赌，但心善重情，为人大度，自己也从不赖账。他只是看这猫跟着这主儿可怜，就答应了抵债的事儿。其实也没信这猫能招财，但是一直对它不错。直到后来被人做局赢走了家产，也没把这猫弃了，互相陪伴着蹉跎在那小院儿里。有几日，天降大雪，两天不见猫回家，他心里很是挂念。夜里恍惚听见了那猫的叫声，这年轻人竟大晚上的打着火把找了出去，没走多远就看到路边有个奄奄一息的人昏倒在雪地里。这个年轻人二话不说，把他背回家，用米汤救活了这个人。经过交谈，这人自称是个说书先生，唱完堂会喝多了，回去的路上从马车上摔了下来，幸亏被猫发现，才被这年轻人救了性命。那人醒来后发现自己的金银还在身上，很是佩服这年轻人没有见财起意、乘人之危，大赞这年轻人品德高尚，一定要把金银囊倾相谢。哪知那年轻人坚决不肯收，说救人只是遵循自己的本心，并非出于道德之心，更不是为了名利。那说书先生听了颇受启发，临走前这人说有个财主家最近闹耗子，正四处寻猫捕鼠，不知能否租他家这白猫一用，到时候还能领个赏钱。那年轻人正愁着找个营生，就欣然应承了。没想到这抓耗子的生意还挺好，隔三岔五的总有进账，家里的日子也渐渐宽裕起来。

"其实他救的那个人是个大盗，那天因为躲避官兵的追捕晕倒在路边。他编这租猫捕鼠的故事，就是要报答救命感化之恩。那些银子都是他给的。

"大半年之后，这大盗也退隐山林再不见人了，不过这个年轻人已经攒了不少家资，于是回到城里买了间小铺面，又做起了祖传的药材生意，日子又富裕起来了。外人不知道他发财的真正原因，只是总听他叫那白猫'招财'，而且眼见他真的脱贫致富了，就以为这猫真的有这本事。

这故事越传越神，后来被机巧的猫狗商人利用，利用这故事，做起了招财猫的生意，甚至连白猫的画像都能卖钱了。"

"这故事是真的吗？怎么听起来是为了教育孩子编的呢？"一只四眼狗满脸质疑地问。

"这故事是我奶奶的奶奶亲口讲给她的，肯定有她奶奶的教育成分，但重点是我们能不能从中获得一些启发。这不是真不真的问题，是有用没用的问题。"

"嗯！你果然是只会算账的猫。"大黄接话道："好多人发不了财的原因就是因为只会找问题，不会抓重点。"

"能说得直接点吗？我没听懂。"一只胖胖的小花狗，呆萌地问。

"简单地说就是我没用，但是因为我产生的那个'信'有用。其实是全然相信了自己能发财，让他们发达的。"

"这么简单吗？"那四眼狗狐疑地追问。

"其实也不简单啊，人的脑袋太聪明，能真的'信'很不容易的。你看能做到的基本都是那种经历简单、心思不多、比较乐观的人。他们没有那么多的东西可想，所以更容易相信。我说的信不是百分之九十九的信，而是百分之百的信，这是本质的区别。"那猫倒是好脾气，不紧不慢地回答道。

"这么说百分之百信的人就会一帆风顺、发家致富了？"一只卷毛狗眼中闪着期待地问。

"当然也不能说一帆风顺，不过即使失败了他们也会再重新开始，因为他们坚信能够赚到钱，失败在他们眼里只是某种成本。"

"照你这话，聪明人就没发财的了？"那只四眼狗不服气地问。

"当然有啊，那些不要聪明的聪明人。"白猫答。

　　"那你说'信'就能发财，我们村里的老李出了名的虔诚，为啥一直也没发财？"四眼狗接着问，似乎非要辩个输赢。

　　"好像跟信什么有关系吧？"卷毛狗插话道。

　　"老李我知道，他家供着财神，供着佛，还有什么管钱的神，每天也确实——礼拜上香上供的，但那是形式上的信，不是内心的信。他这是因为害怕穷，不是因为相信自己会有钱。'信'和'依赖'完全是两回事儿！"白猫继续回答。

　　"什么都信就是什么都不信。其实他只信了一条，就是靠自己不能发财！"大黄接话道，它和那白猫似乎很聊得来。

　　"这么说从心里百分之百信什么，就会过上你信的日子，就会活成你信的样子了呗？"卷毛狗似乎在问猫也像是在问自己。

　　"之前没想过，不过听你这么说，好像是这么回事儿！"白猫说道。

"真正从内在全然信自己会有钱的人还会供养你吗？"那呆萌的小胖狗锲而不舍地问那白猫。

"真正信自己的人还用供养我吗？"白猫反问道。

正聊得起劲儿，忽然间一阵犬吠声传来，众狗朝声音方向看去，一大群流浪猫正朝狗群走过来，难道是听到了消息来救那白猫的？二舅转身带着几只浑身肌肉的大狗镇定自若地迎了上去，带头的一只虎猫看见狗儿们的阵势也不慌张，开门见山地说："别误会，那只猫也是我们的对头，我们这也有很多兄弟因为那些招财猫失了宠！大家都想来看看它有什么本事。"

这猫和狗平日里偶有因为食物发生冲突，大体上是井水不犯河水，各自为政，虽不是朋友但也不算是敌人，不过在招财猫这件事儿上，多少有点儿因为同病相怜而拉近了些距离。

二舅和众狗们一听这话，就放下了戒备，

大方地请猫儿们过来，一起继续了解那招财猫的本事。

那只肥大的白猫，看见这群猫倒略显紧张之色，好像同类才是威胁。

"那为什么那些人不信自己会有钱呢？"那小胖狗不为所扰地继续问着。

"说来话长，其实是他们信了些不该信的。在发财这个问题上，简单地说，最根本的问题就是他们不信这个世界是富足的。"白猫叹了口气说。

"啥意思？"卷毛一脸不解地问。

"你看看我们镇上的这些流浪猫的身材有什么发现？"白猫问道。

"嗯……都肥肥壮壮的，好像日子过得都不错啊！"卷毛回答道。

"其实镇里的食物和耗子足够所有的猫甚至狗吃的。"那只领头的大猫不见外地插话道。

"我们不吃耗子。"一只狗骄傲地说道，终于有机会鄙视一下傲娇的猫儿们了。

"哦！对不起我忘了！说重点，以前是因为分配不合理，大家都怕吃不上饭，你争我夺的，有的因为担心明天吃不上，今天甚至还霸占上自己吃不了的，以至于有的挨饿，有的浪费，有的吃出了三高。"白猫接着说道。

"什么是三高？"一只年轻的流浪狗插嘴问。

几只猫相视不语，心中齐齐地说了声"土狗"！

不过这句话似乎戳中了那肥肥的招财猫的尬点，叹了口气说："这是重点吗？"

大黄眼神深远，意味深长地说："其实这天地自然拥有着足以让每个人都富足的财富，只是大多人不信，所以有的人占有，有的人控制，有些人抢夺，有些人祈求，有些人出卖……因此，世上生出了很多贫苦故事来。"

"那为什么就不能合理地分配一下，像我们这样，让每个人都能吃饱喝足呢？"那卷毛狗问道。

众猫狗面露讶异，似乎不是不信，而是在说："我咋没想到呢？"

"什么是合理的分配，弱肉强食吗？"不知哪只猫狗又追问了一句，它似乎更关注"合理"这件事儿。

"那只是合了动物性的理，我的意思是指要合道的理！"

"'道'是个什么东西？它讲的是什么理？"前面的一只黑狗一边问一边用爪子拍了拍眼前的土路问道，"就是这个吗？"

当然，对狗来说哪儿都是路！

"有这个路的意思！"大黄微笑着回答。

"这个有啥理？我天天从此经过，什么理也见没过啊！"只见身后的猫儿狗儿们也云里雾里地跟着点头。

"确实也没理！其实道本来就没有理，也不讲理，'道'这名字都是为了表达而起的代名，这些都是人在体察观测之后总结出来的。所谓道本无理，因识而生理，天有天理，地有地理。猫狗有猫狗之理，花木有花木之理，公说公有理，婆说婆有理，这世上的生物，千种万类，众生芸芸各有各的理，但是有一条你说不说都在的公理。这公理就是道理，姑且说是'道'的运作规律吧。你遵循什么理，你就会活成什么样。这也是道理。"大黄讲起这些时，显得格外的庄重。

"那人遵循什么理是自己决定的吗？"卷毛狗沿着大黄的思路问道。

"当然是，不过不是脑子，而是心的选择，或者说，不是你'想'遵循什么理，而是你'信'什么理！必须是心之所向！"

"心是什么呢？"卷毛追问。

　　"不知道，这问题只能问自己，别人不能回答！"大黄毫不迟疑地回答。

　　"刚才你说了信就是心之所向，那么我们是不是可以沿着这个去找呢？"卷毛又问。

　　"跟着痛苦比较好找。"那白猫突兀地插了一句，显然这一段时间它虽然没说话，但是也聚精会神地在听着。

　　"这心啊，还确实不好找！你不用心找吧，那肯定找不到，如果你用心找吧，那就是心找心了。就好比你想用自己的眼睛看见眼睛一样，也是很难啊。心这东西似乎从来不动，但是又千变万化的一刻不停。"大黄不紧不慢地作答道。

　　卷毛好像有点泄了气，"找不到怎么用它发财啊？"

　　"让它用你呗！"大黄不假思索地回答。

　　这卷毛狗恍然间好像感觉到了什么，但是又说不出个所以然，竟也没觉得这句回答不合逻辑。

估计此刻它的心，就像盏忽明忽暗的灯。

"能不能说些实际点的道理？"一只健壮的土狗略带无奈地插话。

大黄想起师父给他讲过的一段话，脱口讲说起来："师父的师父说过，这人本无心，因合生心，合道理者显道心，合天理者显天心，合地理者显地心，合禽兽之理者显禽兽之心。"

哪知，这一段听得四下里一群搞不明白的土狗面面相觑，摸不着头脑。大部分猫儿们还是平素里那般傲娇慵懒的形态，也不知是听懂了，还是听之前就懂了。

"什么无理无心？听不懂！不过感觉心里开朗了不少！"一只苍色的大狗用爪子挠了挠狗头，憨憨地叨咕着，却也有些感受。

还是二舅有见识，接话道："这么说万物就像个心的显化器具，往里装什么心就会活成什么样呗！"

　　二舅这段话反倒让大黄长舒一口气，笑盈盈地道："道入器即为心，心和道一样包含万性，即心即道。"

　　大部分猫狗反倒对这句话没什么反应，只是好像都莫名地开心了不少，不过似乎有些狗儿还在之前的"道理"中寻思。

　　"噢！我想起很久前听过一句话！"那白猫若有所思地插话道，"'心如渡水之舟，道似载舟之流！'是不是说，如果在为人处事上能够心合于道，便是顺水推舟，自然会轻松自在，如果心不能合于道，那就是逆水行舟，会很费劲儿啦？"

　　也不等谁来搭茬，紧接着又发问道："心与道哪个做主呢？"

　　"你做主。"大黄笑着答道，看上去既没走心也没走脑！真是问者无心答者无意。

　　"那往心里装什么理是自己说了算喽？"

卷毛狗接话问到，似乎跟刚才的问题并不在一个层面，看来他是站在自己的问题里听对话的。

"只要你能认识得到那'心道'就可以，如果你都不认得，自然也就没法选，不过认识了也不就用选了？"大黄继续作答。

那卷毛像没听见一样继续追问大黄道："那我往心里装人的理就能活成人呗？"

"在道看来，狗和人没什么区别，也可以说万事万物都是狗！不过现在你只能干人事儿，不能马上就成人，先得把这段狗生过完。"

"为什么不是马上？"四眼狗略显迫切地问。

"因为之前你选了当狗，所以你就得把狗的故事演完啊！我们都在一出戏里，你突然停下来，那些和你一起演戏的怎么办？这可都是为你安排的啊！不过，如果你懂了这选择的力量，那你的狗生就豁达了，你的故事也就换了另一番滋味啦！"大黄笑着回答时，竟似个慈悲的师父。

"我选的？怎么可能！那我为什么不选做人？"这四眼狗的态度已经从怀疑转成了好奇，眼见着就要开始真正的思考了！

"如果不是你选的当狗那是谁让你做狗的呢？"大黄循循地反问。

"难道不是你说的那个'道'或者别的什么神仙吗？"四眼狗求索着。

"不是跟你说了吗？在道眼里，狗和人是没分别的！都是道的一波流淌。"大黄刚有点无奈，随即又平心静气地接着说，"等你想起最初的故事，你就明白了。在师父那修行时，我就见过一只猪随着自己的意愿变成了人，也见过人选择变成了猪。所以没准儿你之前当过人，觉得不好玩，所以来当狗轻松一下。"

"照这么说，道无理，心本空，身似器！这几个好像都是空空的一回事啦！那'我'在哪儿呢？'我'到底是什么呢？"问完这一段，那四眼狗好像把自己逼到了没有回旋余地的死角，竟生出了一种狗急跳墙的冲动。然而，在要跳未跳之际，居然先跳出了言语辩驳的层面，还没来得及反应这是什么境界，又忽然像在悬崖峭壁上失足踏空一样，心里、脑里只剩下大惊之后的空白一片！一瞬间，长久以来那自己以为的"我"涣散了，一直以来的愤愤不平和内心深处的惴惴不安被恍惚成了一抹惚恍，冰释雪融般地化成了临在的静谧。

大黄也跟着身心轻畅地享受着谈心说道的快感，蓦然间，那土狗的一个问题又把它拉了回来。

"我们好像跑题了吧？不是说怎么让人有钱吗？怎么说到'心''道'这里来了？"之前那只壮壮的土狗始终盯着自己感兴趣的话题追问道。

"嘿嘿！不但没跑题，而且刚刚说到点上。你还没听明白吗，人生都是心的显化，何况是钱财。

钱不过是财富的一种人造证明，世上本来没这东西，我们只是虽'有'说法，重点是一切的'有'，包括我们讨论的财富都来源于刚才讲的'心道'啊！"大黄回答道，"这世界的存在本身难道不是财富吗？你的狗生不也是吗？"

"这么说到处都是财富喽？这世界没有没价值的废物吗？"土狗继续问道。

"对天地来说的确没什么是废物，都是在一个系统里互相作用的共同体，损有余而补不足！"平时桀骜不群的二舅竟然也知道此理。

"万物互联吗？"小胖狗也不知从哪听来的词，说出了很有未来感的一句。

"就是师父说的万物并作而复焉！"大黄神色肃敬如师尊在前。

"是啊！你看那些虫蚁之类的，不是把我们多余的东西都消耗掉了吗？"一只看上去很有阅历的老橘猫也颇感认同地接话道。

"你是说我们的屎吗？"很久没插话小白愣愣地接了橘猫一句。

"嗯……"

突然间气氛有点尴尬，特别是那些狗儿们！

"明白这个道理就行了，不用举例子！"那老橘猫觉得自己有点失言了。

"不是说了吗，万物都是道的器，里面都含有道，那屎里定然也不例外。"那领头的虎猫打圆场道。

"是啊！记得曾有一次打坐，在粪中见到无数神仙，还被师父大大地称赞！"大黄心驰神往地回忆着说道。

此刻狗儿们莫名其妙地获得了一种释怀！

"那该说那些虫蚁是在得道！"老橘猫含笑接茬道。

大黄不假思索地说："看见道的就是得道，看见食物的就是果腹，看见是屎的就是吃屎！"

猫儿狗儿们一阵开怀哄笑！尴尬的气氛顿时消解。

"是啊！有双发财的眼睛，自然总能找到发财的路数。"白猫适时地接了一句，而且接得那么接地气儿。

这时二舅若有所思地说道："怪不得那些圣人们要去修道，想必有道在旁的日子过得才叫舒坦啊！"

"那合了你说的这个道就有钱了吗？"小胖狗追问着。

"合道的人怎么会在乎有没有钱呢？他们的内心已然是富足的了！"

"富足就等于有钱了吧？"卷毛狗似乎又想到了一个新问题。

"有钱就等于富足吗？"大黄以问答问之后继续说道，"钱终究是个媒介，其实人们真正想要的，是通过钱带来的那些身心感受。有些感受是钱换不来的，有些感受是要把钱放下才能来的。"

"有些穷是钱解决不了的，看看这个世界有多少有钱的穷人和有钱的穷国。"白猫接话道。

"所以富足比有钱更难吗？"四眼狗略显焦急地说。

哪知道还没等黄白二位回答，那小胖狗直接说道："你这么想基本上是会受穷的。"它也不管卷毛的反应，接着略带感慨地说，"要从心里面先富起来才是致富的根本啊！不！是认识到自心是富足之源才是根本啊！"

"嘿嘿！想想那些自以为高人一筹的人物，活在个杜撰的故事里，真不如我们这些流浪的猫儿狗儿，绕过了钱财名利这一层，只为身心奔走，省了那些炫富遮穷的心思，追风逐雨的，倒也活得真切痛快，落得个事外逍遥。"二舅忽生感慨，顿觉狗生无憾矣！

　　旁边的众猫狗似乎都能感同身受，尽皆会意点头，有甚者还摇起了尾巴。

　　"要怎么才能从内心富足呢？"那只带队的虎猫这么问，可能是因为没听到前面的那段对话。

　　"心本来就是富足的，那是道在物身的名字，但我们的心因自疑而蒙尘，因外求而失本，因着相而失真，因执念而受限，因此不识宝藏，常感匮乏。"大黄回答。

　　"听你这一说，对这心跟道是一回事的说法好像加深了些理解？到底怎么体会到这心即道呢？"虎猫继续问道。

　　"只有你在实际行动中去自见心道了，我只是借笔作画而已。"大黄用手指了指提问的虎猫。

　　"是'见'不是'修'吗？"那虎猫的虎头虎脸上，眉头紧锁地质疑着。周围一众猫狗好像也被这问题牵扯住了心思，常听说修道，知道这"见"与"修"之间似乎有别，但又不明就里！都等着大黄给个答案。

哪知大黄突然大喊一声，众兽皆是各自一惊，那虎猫直被喊得周身一抖，思来想去的脑袋一片空白。接着，似乎有种即开心又感动的情绪伴随着笑泪同出释放出来。脸上那虎虎的疑问，下了眉头也下了心头。

小胖狗无比佩服地看着眼前这只如同圣贤一般的大黄狗，恭敬地问道："刚才我们讨论的这些话就是心道吧？"

"这只代表我对心道的体悟，不要把我讲的东西当作真理，讲这些只是为了引发你的思考，不要被这些论断限制了你的真切体验！结合你的现实境遇，不带任何成见地去思考，在现实中去参悟，你会自见心道。"

小胖狗会心称是，接着又说："那我们把这话传给人们听听，一定也能对他们有些启发！"

"他们连先人的话都不听，会听咱们这些阿猫阿狗的闲话？"好久没插话的白猫这时开了腔，"这些道理在人们老祖宗留下的经典里早都说过了。"

"是那些道理讲得无趣吧？"小胖狗问。

"哪有什么有趣无趣？小孩子眼里屎尿都是玩具！还不是人长大了懂得多了分别心就重了。"小白这句话接完之后，好像又觉得有点尴尬。

"这分别心我也有！"那橘猫也忍不住插话道。

"以后咱换点儿别的举例子呗！"二舅一边瞪着它一边咬着后槽牙说道。

"其实人在孩童的年纪，都能听得到我们的话，只是随着长大故事听多了，就忘了这些信息，都迷失在了各自的故事里了。"大黄略带无奈地说。

"那我们就想想怎么让大人听进去小孩子的

话呗！"小白说。

"让人们能听得进去孩子的话可没那么容易。"二舅接话道，"他们并不是谁有理听谁的，通常他们是谁有钱听谁的！"

"所以那些人宁可信我这只天天想着抓耗子偷鱼的小猫，也不信他们祖先说的这个'道'。"那白猫说道。

"也不是不信，是太着急眼前套现吧！"二舅满脸世故地接着说，"要我说，和人不用辩那么许多道理，编个新故事让他们从招财猫的故事里出来就行。"

"那不是还迷失在故事里吗？"小白接话道。

"那又怎样，你以为人要的是清醒吗？他们只想活在一个更好的故事里。"二舅接着说道。

白猫感叹："所以，即使有些看懂的人，大多也只是编了些高明的故事，终是把自己也迷在了里面。"

　　"后身忘己，安贫乐道！"黄狗白猫同声异语地答道："子非鱼，安知鱼之乐？"

　　"看来最好的办法就是让招财猫去吸引人们来听发财的故事，借机把这心道的东西传递给他们了！"

　　"嗯！为今之计这是最为可行的！"

　　正在众猫狗运筹之际，一只探子狗急匆匆地跑进来打断众人的话："别吵吵了，我刚得到消息，现在招财猫也失宠了，人们开始养锦鲤了。"

　　众狗一时木然，嘴馋的猫儿们听到"锦鲤"，忽而忘了向人们传道的事儿，各自别有用心地蠢蠢欲动起来。

他这样的做法和主张，的确出乎道德真人的意料，想不到平时一心享乐的弟弟还有这样的谋略。非但如此，更厉害的是这玉王还有会变化的法术，他有时会变成良民，有时会变成官员，有时会变成大人，有时会变成小孩儿，有时候甚至会变成道德真人，这就给追查抓捕带来了巨大的麻烦。

　　这个小王国坐落在群山包围的山谷中间，本来四季分明，雨露丰沛，物产丰饶，但是一年前，西北边山脉中的蛇盘峰不知道为什么突然塌陷出一个不小缺口，寒流随之袭来，使得山这边的气候发生了变化，而后竟然渐渐地形成一股很强的旋风。首先遭殃的是蛇盘峰下盐湖两岸的滦平县和湖畔县，接着竟逐渐在全国席卷开来。很多地方百姓的房屋被卷走了，生产劳作也因为气候失常受到了影响。更严重的是，人们忽然发现连自己的影子也被这狂风卷走了！也许是失去了才珍贵，人们从来没像这段时间一样注重过自己的影子！

　　年轻的国王忧国忧民，不辞辛劳地处理着各地频出的状况，到处寻找着影子的踪迹。谁知没过多久，国王也因为受了风寒生了病，调治了一段时间也没见好转，眼看着再拖下去会有性命之忧，不过还好风并没有卷走他的影子。此时，有大臣谏言，邻国的大漠之中有座无迹城，那里有位名叫善行的医王，定能治好国王的风疾病。不过这人看病不收金银，只收患者诚心，建议国王带上礼物亲自去投医。

国王虽有心去找医王治病，但现在举国上下因风起乱，而且这段时间自己又没法上朝理政，虽有大臣们的辅佐，但也不可能像临朝时那样有效率和力度。而满朝文武一时间对这风灾也没什么好的办法，日子久了，有些流离失所的人开始走上了歪路，各地偷盗抢夺之类的事件多有发生，有些州县甚至出现了叛乱。举国上下似乎笼罩在一种隐隐的忧患之中。

无论去不去投医，现在都必须有人站出来力挽狂澜，整治危局了。

年轻的国王目前还没有子嗣，他想到了自己两个无心政事的兄弟，一个独爱钻研道德修炼的二弟，号称道德真人；另一个是贪图享乐的三弟玉王。经过与大臣们的商议，道德真人顺理成章地暂领了执政的权柄，代理朝政。国王这才带着亲信西关侯去无迹城寻医王治风患！

这位道德真人虽说本无心朝政，但是一直修德炼道的他，对天下大义、百姓民生还是有着一份义不容辞的责任感。而且作为王室子弟，更是毫不推诿地承担起了重任。

而玉王看着二哥独揽大权，表面上也没有太大的反应，继续过着他那奢靡享乐的日子。但朝上朝下始终有着一明一暗两股力量在较劲。

道德真人处理政事异常尽心尽责不辞劳苦，在他的带领下，群臣用心，三军用命，很快便观察出了狂风发作的一些轨迹节律，制定出了相应的办法措施，将百姓们都暂时迁到了避风的地方安家，最好的地块优先用来耕作，各地的叛乱也都——平定，没多久就安抚了民众。

虽然狂风还是会不定时地袭来，但因为应对

得当,进退有序,造成的危害也不似以前那么大了。人们似乎逐渐学会了和这风患相处,虽说不能安稳常驻,但也算能有个地方安身立命了。

只是他对影子这事不太重视,他觉得那最多影响心情,并不影响做事!也是因为他只关注事情,不关注人的感受,而且处理事情非黑即白刻板教条,凡事必须分明对错,制定政策又过于严苛刻,所以导致整个国家自上而下地生活在了一种严格的道德考量和严密的机制流程里。尽管这一切说起来很合理,这部国家机器运转得也很有效率,但国家毕竟并非真的是部机器,而是一个情感丰沛的生命体。所以百姓紧张的内心还是没能真的放松下来。

经历了这次天灾国难,道德真人内心的不安感同样久久不能消除。况且真正造成灾难的原因还没找到,这份不安竟成了比那狂风还猛烈的东西,他企图不断地通过加强对外的控制,来弥补这份内在的不安。

渐渐的朝廷管控的东西越来越多，为了维护安全和防止造反，不仅仅是户籍、田地，甚至百姓建造房子的工具、材料都受国家管控，特别是金属制品，更是被管制甚严。要拿到这些东西的使用权，必须各项审核都合格才行。这样的管控给百姓的生活带来了很多不便和困扰。但因为自从道德真人摄政以后，人们的思想言行都被灌输了一套很高的道德标准，同时也制定了一套惩戒的刑罚。在诸多刑罚当中，人们最畏惧的就是"束刑"，也就是把犯错之人的错事绣在马甲上，此后无论你到哪里都必须把这绣了字的马甲套在衣服外面示众。一旦穿上这罩衣，以后就很难再脱掉了。因此，面对这套严苛的惩罚制度，大部分人都敢怒不敢言，甚至连私下发牢骚抒怨气都不敢，因为一旦被发现，也会被当作是失德的行为，将会受到惩戒。久而久之，整个国家的百姓都变得很听话，甚至有的人因为害怕犯错而变得退缩拖延。此时，整个国家就像被带上了一副道德枷锁一般没了自然的活力，影子的事情也逐渐地被人们淡忘了，只有那些独行的人还没从失去影子的孤独中走出来。

不过对于有些人来说，活得还不至于这么难受。一部分人是曾经获得过"印信"的人，一部分是跟随玉王的人。

新王登基以来，这个国家的"印信"有两种。一种是国王直接颁发的御制"金丝绶带"，这是永久的，一旦授予永不收回，自古以来这授"印信"仪式，都有一套庄严的"接绶"仪规。

还有一种是由道德真人颁发的"金刚戒指"，这种是要定期审核的，"金刚戒指"累计到了一定时限才有机会封赏"金丝绶带"。

本来这"印信"是一种嘉奖，但现在，道德真人把它当作是一种国家层面的认可。因此在他代政期间，"印信"就成了可以不受那些限令约束的证明。拥有了"印信"的人，少了很多考核，甚至可以不申请就使用金属用品，相比之下这些人的生活就自由多了。

但是面对严格的道德评判体系，即使有"印信"的人也不敢太过放肆，因为如果你拥有的只是"金刚戒指"而且不是"金丝绶带"的话，有可能会因犯错被收回。

现在国王不在，人们暂时无法被授予"金丝绶带"，获得那份永久的认可，因此获得道德真人的"金刚戒指"，拿到阶段性认可，就成了人们的最大追求。

即使要得到"金刚戒指"也并非易事。因为道德真人的审查异常严格，而且还有一系列的考核任务，无论王侯将相还是庶人百姓都一视同仁。

于是为了得到"印信"，大臣们就先开始

争做道德模范，努力完成考核任务，博得道德真人赏识，大搞道德功绩。这样一来，弄的百姓都上行下效，不得不伪善蔽恶，以求安生，甚至连本能的需求也压抑了起来。因为举国上下都知道，包括国王在内的这三位，都曾在悦溪山中跟随仙师学习过道法，这道德真人最善于监视别人，所以人们既不敢作假，又不得不弄虚。由于这样的社会现状，国人们都不知不觉地养成了装乖讨好的习惯。

不过一段时间过后，获得"金刚戒指"最多的，竟是那些曾经以表演为生的人，他们不但会讨好，还可以假得很真，甚至有神通也无法看破。

这段时间以来，举国上下，人们多少的成功，多少的财富、多少的压抑，都是为了完成这获得"印信"的考核任务，得到道德真人的认可，以及得到这认可后的那份满足感和暂时的安定感。不过即使得到了，马上新的考核就又会指派下来,有些人甚至不用旨意都会自发地去完成"印信"任务。人们早就被教育成了道德的忠臣。即使很多人都觉得好像终此一生也难得到那份永久"印信",但又无法自控地一直在为这一份永久的认可而努力着。整个国家的人都开始变得苛刻,既不放过自己也不放过别人,无论夫妻、子女、家庭、个人还是团体,人与人之间的关系也因此变得紧张。社会上充满着各种的评判和比较,不但要求自己要获得好评,还要得到超过别人的好评。另外,有很多人甚至还因为得不到好评而责罚自己。也有些人会因为面对不了的结果去找一些可靠的理由和说辞,来逃避道德真人的责罚,也因此人们或多或少地又养成了找借口的习惯。

也有人因害怕受责罚而冒险逃离他监控下的安全区域,甚至有人会故意干些自己认为的坏事来释放心中的压抑,尽管很快那份自责和被罚的恐惧又会回到身上。

　　看来严刑重罚没有带来道德真人想要的安稳，反倒制造出了更多的恐慌。这恐慌让人们只能慌不择路地逃跑，顾不得好好地反思一下自己。也正因为如此，人们没办法做出真正的改善。

　　压力之下，越来越多的人开始被另一股势力吸引，也就是玉王。其实在这样的时政之下，最难受的可以说就属玉王了。平时纵情声色的他散漫惯了，哪里受得了这样的限制，再加上本来也没有把道德真人的法令太放在心上，他只消停了几天，就又私下里和身边的酒肉朋友过上了以往的生活。什么思维令、情绪令、宵禁令、禁酒令一概不当回事儿，甚至私用金属工具建造起了娱乐场所。

　　道德真人这边并非没有察觉，但在多年前父亲斜月王传位给王兄之时，曾经让三位王子互相承诺，彼此谐和守护，特别嘱咐两个哥哥对小儿子玉王，要多些包容引导。因为玉王是老国王最小的儿子，他不像两个哥哥，一个心系政治，一个穷究道德，只有他关心的尽是些凡欲俗情，这反倒是给这个帝王之家添了很多烟火人情，而且他聪明机敏，因此老国王不免对他多了几份宽怀和纵容。所以这玉王从那时就像个法外之人，少了约束。不过他倒也不做什么欺压百姓的事，就是为了愉乐常有越界犯规的举动。对于国难玉王每次也不含糊，这次风灾他也几乎捐出了全部的钱粮。老国王知道，因为性格不同，这二儿子和小儿子有很多相对之处，所以才有这临终立誓。

因此，玉王这里成了道德真人唯一较不得真的地方，再加上朝廷要彻查那狂风的源头，彻底断了这风患，所以并未对玉王有太多的管制，只是写手谕斥责了一番，就去平畔二县调查风灾了。这样一来，玉王更是肆无忌惮起来，贪图享乐逃避痛苦本是人的天性，特别是在严格的管控之下，这背地里的享乐就更有吸引力。玉王的行为竟引发了不少人的跟随，而享乐所需的物品也形成了黑市，国内逐渐形成了一股沉沦享乐的灰色势力。玉王又利用这股势力和自己的神通，让人们躲过道德真人的监控，暂获舒适和安全。而且，他总是能想出各种花样，吸引着周围的人们愿意乐此不疲地铤而走险，享受着刺激和放纵的快乐，让人们暂时忘了逃跑的痛苦和隐藏自己的压抑。当然，每次快感过后，人们心里还会有挥之不去的罪恶感，甚至好像一直被道德真人在审判着一样。

玉王也像道德真人一样耳目众多神通广大，可以看到每个人，关注到每个人，甚至控制着每个人。

很自然，玉王发现了人们的内心活动，为了让这些人能心安理得地陪他享乐，不再自责，他竟也私自发布了自己的"印信"——刻着"好人"二字的玉牌。而且，他还暗地里发下通告，凡得了这牌子的人，都会获得更多的宽容认可。他身边的一众亲信官员早已悄然执行起来了。很快，这"好人牌"就在国中流行起来。因为玉不受限制，一些偏远地区甚至出现了做假牌的现象。很快，这样的势头就被道德真人得知了。这等于是王室子弟带头破坏国家法度，明着和道德真人唱起了对台戏。这样一来，道德真人再也不能纵容他胡乱来了，于是班师回朝，要捉拿玉王问罪，以正朝纲。

玉王早就听到了消息，不过他并不想和道德真人硬拼，寻思着最危险的地方也许最安全，随即他竟然带着手下朝发生风灾的平畔二县进发了，畔县本来就是他的封地，可以从那里逃进深山再做打算。

为了保密，他没有和任何人说过他的真实意向，身边的人也只能是跟着他脚步辗转。他这样的做法和主张，的确出乎道德真人的意料，想不到平时一心享乐的弟弟还有这样的谋略。非但如此，更厉害的是这玉王还有变化各种化身的法术，有时会变成良民，有时会变成官员，有时是大人，有时是小孩儿，有时候甚至变成道德真人，这就给追查抓捕带来了巨大的麻烦，有几次几乎已经落网但最终还是让他逃掉了。

在这样一个追一个跑的局面中，双方虽未正面交锋，但口诛笔伐的舆论战始终在不停地开展着。玉王指责道德真人，"不体恤人的真情实感和自然需求，一味地灌输人为的教条规则控制百姓，让人们活得刻板压抑，失去了鲜活的自然之心"。而道德真人则控诉玉王，"一味地强调本能满足，沉沦在私欲之中，利用感官刺激控制人心，埋没了人的良知，让人心懒惰散乱不能理智的思考……"道德真人说，"要建立安全又秩序的乐土"。玉王则说，"要开创没有教条的远方……"

即便玉王使用这样的战术，他的行踪也经常会被道德真人那些精明的耳目发现，因此，玉王的人也时常会在奔逃中掉队落网，但玉王总是能逢凶化吉。渐渐的有人不想再过这种东躲西藏的日子，而且人们发现放纵久了，内心会产生一种望不到底的不安感，这种不安感似乎比之前的那些痛苦更难承受，心里就像有一个无法被填满的洞。在内外交困之下，有些人开始想要终结这种生活，离开玉王。

虽然有这样想法的人很快就被玉王察觉，但他并不会惩罚这些人，而是会用更舒服、更安全的手段先把他们安抚下来，然后根据他们的恐惧再给他们一些新的满足和诱惑，甚至包括用清心寡欲的形式来满足人们，从而继续把人留在他身边。即便如此，也还是有一部分尚有清醒意识的人们开始认识到，他的控制比道德真人更难摆脱。于是，玉王的队伍中，有些人开始盘算借助外力来离开玉王。

最好的外力就是道德真人，随后有人开始故

意被抓，然后举报玉王的行踪，以此在道德真人这里换得一些优待。然而他们不知道，这边也有人因为受不了道德真人的压力而叛逃到玉王的阵营。于是，越来越多的人活在了一种不断在讨好和逃避之间来回逃离的生活之中。有人想靠玉王摆脱道德真人的控制，有人想靠道德真人的力量消灭玉王，在这两股掌控力的拉扯下，人们活得非常纠结煎熬。有人开始寻找第三条出路，自立为王，但又没有人拥护，因为大家已经明白了，无论是谁为王，也无外乎是这两种生活的改版，而且可能会牺牲更多的生命。有人开始主张求神拜佛祈求上天庇佑，但是人们发现，宗教上的分歧和对立比眼前的二王之争更拉扯、更可怕！于是，越来越多的人开始期待着用二王的正面对决来解决这种拉扯，一场更大的混乱在人们的心里酝酿着。

　　这段时间唯一的好消息就是，席卷全国的风

灾好像不知从何时起已经终止了。但人们的影子并没有回来，不过百姓们完全被眼前的人祸牵扯住了，很少有人去关注天灾的消散。

双方的正面冲突终于发生了。眼下玉王的人马已经跑到了畔县自己的封地，就在要成功钻进蛇盘山之前，被从平县赶过来的道德真人的人马拦住了，双方就在蛇盘峰下的盐湖边遭遇了。本来这千军万马只是驻扎在这里就已经搞得当地官民难堪其扰了，这会儿双方又不断地调度阵型，虚张声势，把这片小小的盐滩搅动得烟尘滚滚地动山摇，这片大地仿佛要被踏破一样，难负其重了。

对峙了大半天，还是没人主动发起进攻。双方似乎都不愿先出手，也有可能双方都不觉得这是个彻底解脱的方法，无论哪一方获胜，留下来人都要面对另一种苦日子。而道德真人和玉王似乎也还顾及着百姓的生命和彼此的手足之情，因而没有下令进攻。所有人都在面对冲突、面对决战的这一刻对自己的内外境遇开始了真正的思考。

忽然，人们看见阳光下有一个人单枪匹马地从蛇盘峰下急奔而来，就在两军之间的空地上停了下来。此时已经有人认出来了，这人正是当初随国王一起去求医的西关侯，他手里持着国王的权杖，身披国王的金丝绶带。只见他先向双方的阵营各施一礼，然后举起权杖挥了挥之后朗声说道："陛下不久前在山中彻底解决了风灾根源，近日来正在悦溪山中和师父研讨心道，为百姓纳福。料到了今日这里的状况，派本官前来举行授信仪式，请大家准备接绶！"

原来国王是假借看病之名微服出访，来平畔二县查找风灾的原因，两个县城都是依盐湖两岸随形南北而建，像个竖着的括号一样把盐湖包含在中间，本是守卫盐湖的驻军和后勤，时间久了就形成了县城，各自境内刚好管辖一半的盐湖。

这平县是道德真人的封地，而畔县则属于玉王。这次的风灾就是因为双方在盐湖的开采上发生了争执，都觉得对方有蓄意越界开采的行为，又都因为各自背后有国王兄弟的撑腰而互不相让，结果有一次在蛇盘峰下冲突过大，有人使用了火器，引发了蛇盘峰的滑坡，形成了一个缺口所致。国王探明原委之后，先去山中向师父借来定风丹止住了大风，再命西关侯调来清州府的军民炼石补山，并在补好的缺口处竖立石神像，这才绝了风患。

当然，眼前的这些人并不知情。此刻，众人已然被这突如其来的授信仪式搞得怅然恍惚，但听到了"国王"两个字还是让大家心光一亮。是啊！不知何时起人们忘了王的存在，有王在位时安居乐业的幸福景象，使得很多人当下神往，心中的压抑不知何时已悄然释放，众人纷纷俯身行礼，而在场的官员除了和众人相似的反应之外还显得有些局促。西关侯似乎早料到了他们的为难之处，开口说道："不需那些外物形式，只要诚心敬意即可！"随即将权杖直插在地上，取下身上的绶带举过头顶大声宣旨道："普天之下黎民百姓皆授以此印信，世袭传承，永不收回！"言毕，将手中绶带悬挂于权杖之上。

在场众人停顿了片刻才反应过来，有人如释重负大展拳脚，有人如获至宝喜极而泣，也有人手舞足蹈欢呼雀跃。西关侯继续说道："此后本国取消他人授信之事，人人自我授信即可！"

人们知道，之后的日子，不必再讨好道德真人，也不必再沉湎于玉王的生活方式，也不必再等着谁的认可和允许，也不会再有那些逃避和对抗，可以各安天命于各自的家园。天下百姓自此与国王心意想通，国王虽不见于百姓面前，但时刻见百姓于心中。

一旁的道德真人和玉王兄弟，被刚刚完成的这个有史以来最朴素而神圣的"接绶"仪式给震撼了，似乎在反思，似乎在等着责罚。

这时西关侯继续颁布国王的旨意："将盐湖收归国家，蛇盘峰改名无名山，山下驻军三万，以现在立权杖绶带的地方为中心，设立守盐卫，归御林军统辖。改畔县为濡县，改平县为屏县，皆并入清洲府管辖，协助守盐卫。封道德真人为涵王，封玉王为御王，在国王道成归来之前由涵王御王联合执政，并分别赠给二王新的权印，给涵王的印壁上刻着'心安即是乐土'，给御王印的侧壁上则是'神闲即是远方'。"二王领旨谢恩后，各自长出一口气，互相欲言又止，继而又挥袖一笑，相对一礼之后转身向西关侯拜谢。西关侯还礼之后旋即上马，向二王道别，说要即刻去回复王命不敢耽搁时间，说话间已经奔出数丈，显得甚是着急。二王在拜谢西关侯的时候就已观察到，这西关侯好像变得有些模糊又有些透明了，仿佛一颗正在化掉的盐，而且是没有影子的盐。正寻思间，周围的人们逐渐三三两两地离开了盐滩，奔赴各自的家园去了，同样地上没有任何的影子。

两人这才疑惑为何风灾已治，而人们的影子还没有回来呢？"还是请王兄先回王城，向天下颁布王旨，让百姓安心要紧。"御王说道。涵王点头称是忙道："对对对！你快去清洲颁旨，然后带人马来山下建立盐卫，我们即刻启程吧。"

两个人翻身上马，互相施礼作别，各奔西东。不过内心久久不能平静，原来刚才对望时发现他们两人也都没有影子，皆是心里一惊。虽未言明，但思索未停，他们几乎同时想到一个答案，"也许我们的影子没有丢，也许我们从来就没有过影子，因为我们就是影子……"

这个场景里的人物彼此越来越远，远到在彼此眼里小得像一粒盐，远到整个王国像一片盐湖……

此时，悦溪山中，落日的余晖把平静的湖面照得像一面镜子，清晰地映出一个人专注的样子。

"看见了什么？"师父的发问打破了沉默。

王子凝视着水里渐渐淡去的影像，甚是投入，不知何时他已热泪盈眶。此时被师父这一问才回过神来，缓缓答道："一个关于王的故事。"

师父好奇地问："为何动容？"

"尽是我的影子。"王子似乎还在自己的情绪之中。

"在哪里呢？"师父一边说着一边用手里的竹杖在水平如镜的水面上画出了一圈圈涟漪，仿佛在找着什么。

王子的情绪被师父的举动打开了一个口子，清醒一下子从里面钻了出来，他正色凝神说道："这是我的故事，但我不在故事里！"他似乎听懂了师父的弦外之音。

"你在哪里呢？"师父笑着追问。

王子这次没有开口回答，转过身望着师父跺了一下脚！

看着王子的反应，师父毫不迟疑地上前一步，猛地推了他一把。

徒弟还在等着师父的认可，完全没想到这突如其来的一推，躲闪不及，仰面朝天地摔倒在水里。被这冰凉的湖水一激，他不由得大叫一声，一下子蹿了起来。

见此情景，师父马上问道："出来了吗？"

只见徒弟一边跺着脚一边叫嚷着："师父莫诓人，我可从来没动过。"此时的他像个撒泼的孩子，一点也没有了王子的威仪。

今天的夕阳格外的美，湖光山色都被染上了一层金红。山间的台阶上拖着两道长长的影子，师徒两人嘻嘻哈哈地朝着炊烟袅袅的道观走去。

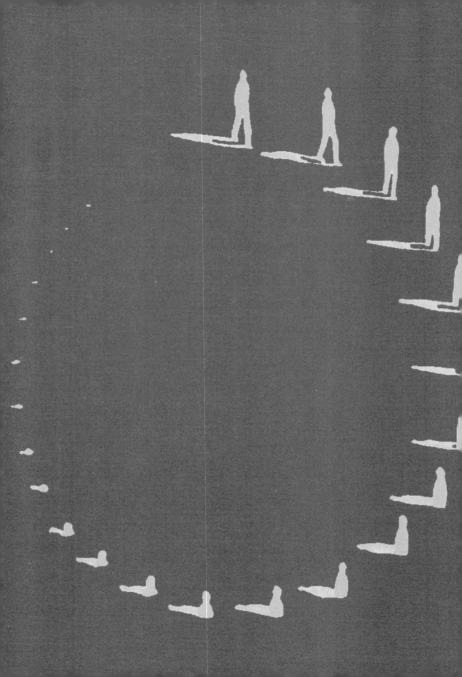

单行听到此处，似乎心有所感，却也仍有见惑，追问道：『即然如此，敢问那到底是六日还是七日？』

『既是六七日也不是六七日，暂称那段光景为六七日。』老者继续循循善诱。单行忽然领悟到了什么，当下心开惑解，不在企立分别，身心俱似有重物脱落一般，得了个妙乐轻安。他不胜感激地拜谢老者。

看着身上缝缝补补的衣服，脚下修修补补的鞋，肩上空空如也的行囊，油然心生了一阵感慨，出发时的情景顿时历历眼前……

那时疫情已在离州流行了十几天，临近的几个村子已发现了病患，据说是几个去外面参加医学辩论的人带回来的。这种病虽不致命但也难痊愈，会使人越来越虚弱，而且传播得比较快。州府衙门虽有措施，但是刚刚经过三国战乱之后，举国上下的人力物力也已消困疲乏，一时难以周全到一村一镇。

比疫情传播更快的是恐惧。村子里早已人心惶惶，甚至有人因为担心生病而病倒了。村长是个务实的人，心知不能光等着朝廷的举措，已经带着大家在村子的四周筑起了隔篱，暂时隔绝了与外人的来往。但终究也不能故步自封听天由命，还是得找个彻底的解决办法。村长虽然学识不高，但到底也读过些诗书，他知道万物生克制化的道理，料定人间生一病，天地定长有一药。

曾听友人说过，据此八千里之外有座无径城，那里山明水秀，人杰地灵，盛产各种灵真草药，更重要的是，城里还有位医王，善用各种道法术器，能治世间百病。只是这一路来去有万里之遥，又隔着重山复水，戈壁大漠。就算是一路畅通的平坦大路，走一个来回也要百日，若遇险阻，或需数月。尽管有大小驿站，也少有人真的到过那城，世上流传的大多是那些驿站向导们玄言妙语的传说。

其实人信不信传说，往往取决于对自己有没有好处。

举国上下，各州府县，从这疫情一开始就有人陆续去寻找那城和医王的所在。

村长完全相信"信则有不信则无"这句话，他也相信无径城和医王的存在，不只是因为那是他的至交好友亲口讲给他的，而且对于眼前的疫情状况，相信这传说的存在是最能给大家希望、给自己力量的。不光信，他还要行！

　　盘点下来，村里的用度储备，即使不与外界往来，也可以撑上百日有余，加上州府衙门的周济，马上启程的话，应该可以守到求医回来。

　　他寻思着自己这年纪，怕是完成不了这任务，自家孩子又是个女娃，只能从村里找个人去无径城找那医王寻求良方解药了。与村里的几位长者老辈商量之后，终于定出了个人选，兽医单行。这年轻人虽说是个兽医，但自小就随养父上山采药，也算是这十里八村最懂医术药理的人，因为常年与牲畜禽兽打交道而深识兽性，驾马御牛的活计也算行家，驱车行路自可保障。而且他才不到三十，养父已经去世，还尚未成家，总是会少些儿女情长的牵挂。更重要的是，他很重信，对答应的事情一定会做到，甚至有点儿一根筋的执拗，这股较真的劲儿正好有助于此行。村长带着家族里的长辈，一大早就来找单行谈这事儿。老人们都知道，这单行是战乱时期，老单头在无名山采药时从军营的牲口棚里捡来的，回来后炖了家里仅有的一只鸡，一口口鸡汤喂活了这奄奄一息的孤子。

也正因此，这单行有个偏爱，就是爱喝鸡汤。所以次日一大早，村长和几位长老端着一煲热腾腾的鸡汤，来找单行。没想到那单行正在碾药，问过之后才知道，原来他听说了疫情之后心系病者疾苦，自己研究医书典籍，调配起治病的药剂来，只是还未熬制完成。老村长的心里又多了几分感叹几分佩服，让他先喝了鸡汤再继续做事。正好是早饭的时间，这煲用心熬制了几个时辰的鸡汤，喝得单行啧啧赞叹。接着，村长把无径城的事讲给了单行，治病心切的单行一听那医王的事迹，顿时就兴奋起来。平日里温暾木讷的他，竟豪气干云地答应了去无径城求医的事，不带半点犹豫。

也不知是鸡汤的作用还是医者本色，总之村长一众人感激得泪目无言。单行也没料到自己会是这样的反应。事后再想，若是一辈子只做兽医那些活计，今生怕是也难见到如此了不起的自己了。

过去是为禽兽治病的兽医，现在成了为众亲求药的行者。

出行那天，村长带着乡亲父老们直送他出了自我保护的藩篱，在单行的极力劝阻下才止步回村。单行转身赶着马车，头也不回地向无径城驶去，不敢再多看一眼送行的乡亲，不觉间泪湿青衫。

到达第一个驿站前，首先要经过那些已经有疫情的村庄，其他村子的人似乎也都听说了他远行的消息，远远地隔着篱笆注目礼赞着单行，似乎也都寄望于他的这次求医问药，渴望他能带回疗愈疫情的良方。

到了驿站已经是晚上了，第一天走得很快，已出了离州地界，这里的疫情没有家乡那里严重，但也能看出戒备之态。还好只是官道旁的驿站，倒也没太繁琐。他赶快报明身份，取了介绍的书信给驿站的人。那向导名叫史忠，一看来信便立马安排饭食酒水，亲如切故地和单行攀谈起来，原来这位引路人也是曾经为了救家人，去那无径城投过医的。村长就是从他这里听说了医王的传闻。他对单行的各种问题，知无不言，讲了很多对此行很有帮助的消息。他见识广博，多闻直谅，让单行很是敬诚感佩。他还给了单行一张路线图，是他当初凭着自己的记忆描摹出来的，只是从最后一处驿站到无径城的路，他却实在画不清也讲不清。单行不知他是不是有意隐瞒，于是拿出盘缠要重谢向导，那向导早看出了他的意思，解释道："并非我要隐瞒，实在是真的讲不清楚，因为那段路留不下脚印和辙迹，也做不得标识，当时自己也是凭着直觉走的那最后一段路，确定不了走法和方向，所以也不能指给你，以免指不清反而误导了。"看他那热切真诚恳切的样子，单行一边自惭小人之心，一边感佩于这位前辈的坦诚不吝。暗下决心，自此一路常怀信任之心。最后，这位向导在给单行的路线图上写下一行字："事急心莫急，捷径枉聪明，行入平常处，来去自如如。"

不管怎样，单行对自己终将到达无径城的确信，坚定不移。心想，已经得到了很多指点，往后驿站的向导或许有人会说清楚吧！因为赶路心切，两个人也没有第二次交谈的机会，第二天吃过早饭，单行就又匆匆上路了。

没想到，后面的驿站就很少遇见真的去到过无径城的向导了，有的甚至只知道去往下一站的路，还有些虽说去过，但对那城的名字却莫衷一是，有的管那地方叫"无色城"，有的称它为"无碍城"……不过又都说了那医王和丹药的事，但见闻又有所不同，让人模棱难择。这些人当中也不乏气宇出尘的，但都不似第一驿站的那位让他震撼折服，而且关于往后的行程指引，虽都说得用心，却都不如第一驿站那位讲得如身临其境般的周详了。后来单行感叹，原来这眼前的就是最好的。不过他每到一处都会把路见、途经记录下来，心想将来，他定要绘出一本明确清晰的路线书，以助后人。

这一路走来他发现，原来这世上确实很多人都病了，座座大城小城里，大大小小的药铺、医馆，应时繁盛起来。郎中、大夫一时间紧俏，想必是收入可观，所以半路出家，弃本从医的人比比皆是，稍有些本事的都自称为神医圣手，大江南北各种疗法秘方，争雄逞强。其实大部分都是治不好病也要不了命的医混子，靠着招牌幌子唬人！各种理论学说搞得人人自危，好像不跟随某位师父练些功，吃点药，心里就不踏实。各种养生祛病的课程讲座，也开得门庭若市。这股风气竟又催化出一种新病，单行还给它起了个名字，叫作"医赖症"，心想着有朝一日到了医王那里也定要为这病寻个解脱之方。

其实，这大道上和他一样要找医王求医问药的行者也有不少，可是越是往后走，同路的就越少。原来，有的人去抄近路走捷径了；有的人畏惧前路的艰辛，干脆从野处抄了几个方子，自己做起了医生；更有的人被各样神医的高论妙法吸引了去，打算就地学了医术，就此还乡，断了去找那医王的念头。

单行自然也没少遇到各样的人物，好在他是个爱较劲的轴人，在他看来，非要到了那无径城见了那医王才算了事，否则即便得了什么成就也算半途而废。况且更重要的是，他时常隐隐感觉到，那城和他有种莫名的关联。尽管如此，途中一位有手段的大师，也几乎影响了单行的进程。要说这位神医其实并没多少医术理论，他专找别人医理的漏洞，然后故意不按常理处理常事，故意行僻取信的做法竟也吸引了一大批不信医的信众，追着他学医。

不过吸引单行的倒不是这些，只因那人做"大师"前，曾是医院里掌勺的大厨，为病人做鸡汤的手艺着实高超，这技艺正中单行的下怀。他的鸡汤喝得单行特别舒服，即有安全感又有归属感，甚至还有成就感，喝得他志得意满，直耗到第三天正午，单行甚至想要学了这做汤的医术再走。谁知他的白马不知被什么给惊到了，忽然狂躁起来，这一惊扰才让单行恍然回过神来，想起了初衷。他自觉地施展他兽医的本事，调服了马儿，系好缰绳匆匆上路，头也不回地朝着无径城继续奔赴。

又是一程穿州过府的大路小道，纵然他赶得辛苦，也因为进程可观而不觉烦累，只是越往后走行进越慢，都尽是些难以畅行的山程水路，而且岔口很多，或急或隐，急的稍纵即过，隐的大意即失。纵使是有向导的图册指引，快马轻舟的

承载凭渡，也是进展缓慢。而且越是心急越容易
走错路口，因为心里铭记着百日之内定要返回村
子的事，所以也只能按捺着性子，按图索骥，依
峰水而行。

一日在山里逶迤了半晌，直走到下午，丝毫
不见出路，前不着村后不着店的，又累又饿，实
在是按捺不住心头的火气，终于爆发了出来。这
样的进度，百日之内怎么能来回城乡，定是那驿
站向导指错了路，说不定那无径城根本就是个为
了骗取投医人路资药费的谎言。再想想家人乡亲
送行时的寄托之情，更生了悲愤，越想越气，越
气越想。正在心火焦灼时，眼前不远的山腰处，
赫然闪出几间屋舍，袅袅炊烟和着那徐徐飘动的
旗幡，上面写着"移生驿"。

单行暗想："怎么不记得之前的向导说过
此处有客栈呢？真是柳暗花明，皇天不负苦心人
啊！"他顿时兴奋起来，仿佛把酒言欢已在眼前，

不由得胯下腿紧，手上鞭急。本来就怀疑之前的向导指引有误，这下更是让他坐实了这个想法。很快他就来到了房舍门前，早有人迎了出来，仿佛知道他要来一样。伙计接过缰绳，把单行引进屋里，转身去饮马喂料，其间不时地瞟了几眼单行贴身的行囊。

屋里面正待着一位热情的向导，看上去确有几分气度，早在那里准备好了酒水吃食，一见单行就殷勤备至地拉着他边吃边聊起来。不知怎么，单行总觉得这一切热情得有点不对劲，而且这向导的言谈做派和之前遇到的大不相同，却又似曾相识。稍有犹疑，马上就被那向导嘘暖问寒的体己关切给感动了。反正这吃喝坐卧没什么不对劲的，暂且开怀享用，一解苦旅吧。

就在酒过三巡，待问前程的时候，窗外忽然雷声翻滚，山风已来，急雨将至，看天色今天恐怕是要住宿在这里了。果然，那向导和伙计就像知道今天他走不了，已然把房间和被褥等一应物具全都准备好了。也不知是上午疲行劳累，还是心急内耗，单行觉得今天格外不胜酒力，说话间竟昏昏欲睡，向导看到这情景马上安排伙计说："快扶行者到客房休息一下。"

那伙计似乎就等着这句话，立刻上前搀扶起昏沉的单行，往后院的房间走去。纵然如此，单行也没忘了背上自己的行囊。穿过院子时，单行看到很多牛马都没卸去身上的背驮，自己那马儿也在其中。

进了房间，那伙计扶单行在床边坐下，转身退出门去，关门前对单行说："您先休息，我去给您盛碗醒酒的鸡汤。"听到"鸡汤"两个字，单行心中一凛，前几天就差点着了那野鸡汤的道。他忽然意识到，为何看着那向导眼熟，那家伙也必是个做汤卖药的大师。难道这家驿站是个诓骗行者脚力资粮的黑店？想到此处，酒醉已醒了一半，悄悄起身向窗外窥望，牲口棚里竟有不少牛马，院子里后面的空地上也有不少车驾，刚刚自己吃饭的那排房子里，每间似乎都有觥筹之声，想来不知又有谁正将入瓮。正在他看得心惊之时，忽听吱扭一声，寻声看去，只见那伙计端着一碗热气腾腾的汤食进了西侧的一间客房，旋即又退了出来，边伸手带门边向里观望着。

单行料定，这是给客人送的醒酒鸡汤，只怕是喝过之后就真的醉下去了。想必接下来就轮到自己了，正在寻思如何脱身之际，忽然瞥见牲口棚那边自己的那匹白马，一下子来了主意，转身抄起随身的行囊包裹，接着把手指放进嘴里，朝着马儿的方向吹出一声尖尖的呼哨。再看那白马忽然惊了似的，不知何时咬开了缰绳，横冲直撞地满院乱跑，引得棚里的牲口一起乱了起来，发出一阵阵的牛哄马鸣。那伙计闻声赶到，并带着两人冲到当院，慌乱着东拉西扯的，又不知如何安抚这些牲口。所有人的注意力都被这一群牲口吸引的时候，正是离开的好时机。单行一脚踹开房门，朝着白马又一个呼哨，那马立刻不惊不乱地跑过来，载上单行自后门穿越而出。

沿着崎岖的山路披风带雨，也不知猛跑了多久，单行又感觉昏沉恍惚起来，想必是一阵颠簸，酒劲又翻将上来。等他再睁开眼睛的时候，发现自己挨着白马躺在一片戈壁滩上，刚刚升起的日头染了大地一身金黄，朗朗晴空疏旷地散挂着几朵白云，就像大海里远航的白帆，清冽的晨风吹干了一身的湿涩，整个人飒爽爽的，转即兀自发起呆来，也不知逃出"移生驿"那一场遭遇是真是梦！正在思忖之际，忽然一只金色沙雕掠过头顶，惊得他精神一振，这才回过神来，便马上又兴奋起来。单行想起导图上说，到达无径城之前的最后一所驿站就在戈壁滩中。

想来这马儿一路疾奔竟是穿越了那九曲八绕

的群山。他慢慢起身活动了一下四肢，查看了一下随身的行囊，回头再看身边的白马，就像看着刚刚一起破敌归来的战友，这一趟投医走下来，人性马性早已经娴熟通达了。单行翻出导图，一番仔细端详之后，翻身上马，然后又站到马背上，手搭凉棚，极目远眺，辨好方向一路向北而去。

这一程又行将中午，终于是熬到了最后的一处驿站，原来这戈壁大漠甚是干燥，走了这么久，人和马都已经口渴难耐了。进了驿站也顾不得打招呼，直奔院里的水井，提上水来大口地喝起来，那马儿也精明地找到水槽自饮起来。

虽然这驿站的引路人是位耄耋老者，但见到单行的到来，还是难掩一脸孩子般的欢喜。原来这位向导名叫楚辛，单行是他在这驿站上任以来，迎来的第一位投医之人。他热情地给单行端上了瓜果，单行尽管经历了上次的遭遇，此时却不知为何笃信得毫不生疑，边吃瓜边好奇地问那老人：

　　"您老上任多久了？"老人笑盈盈地答道："刚好百年。"惊愕之余，单行很快便升起了一份敬仰。他在想，这是离圣城最近的一处驿站，想必驿站的引路人也是位见过医王的得道高人。经过交流，证实了他的推想。他感觉离目的地已经很近了。从那老者口中得知，再走六七日便可看见无径城，只是从这里出发直到目的地中间尽是大漠，而且景象随风迁移变换，无辙迹可循，无标识可辨，也没人可以向导，因此那城又被称为无路之国。此间会有很多的未知与险阻。

　　也不知是不是试探单行的决心，老者劝他说，昔日他也曾取回不少灵丹妙药、治病之法，如果单行不愿去冒这无路的风险，他愿意倾囊相赠。单行礼拜感谢，但还是毫不犹豫地说道："谢老人家美意，可不知这彼时药能不能治得了此时病，而且我答应了家里人，怎可避难取逸，定要到那发心之地无咎归乡才是上乘。"老人感佩地频频点头，赞赏地看着单行，想不到这个木讷的年轻人有如此见地。他微笑着说："好好好！真是个大丈夫，那今天你且定心休息，明天趁早出发。"

单行忙问那引路人："请问这里是不是有快些的脚力可以换乘？"单行听说了后面的路况，知道更适合骆驼行走，寻思着这处驿站地处戈壁，说不定会有这样的脚力。老者早看出了他的心思，答道："我这里并无骆驼，就算有，想必也不如你这马儿与你这般合力！"接着又讲道："这里不同你之前的过往处，因为此处无路无向，人畜皆无分别快慢之心，所以无快慢之患，你那方乡邻众人，岂不正是常因急慢之分，长短之别，量较成疾？眼下这段路也无长短远近之量，就算换乘龙马也是要走这六七日的。"

单行听到此处，似乎心有所感，却也仍有见惑，追问道："既然如此，敢问那到底是六日还是七日？"

"既是六七日也不是六七日，暂称那段光景为六七日。"老者继续循循善诱。单行忽然领悟到了什么，当下心开惑解，不再企立分别，身心俱似有重物脱落一般，得了个妙乐轻安。他不胜感激地拜谢老者。

回到房间，他又写了一封信给村长，告诉他自己已经到了这最后一站，马上就要到达终点了，请他们再安心静守些时日。这一夜睡得格外沉静，一夜无梦。第二天早上，他把信交给这位向导，拜托他递给乡里。还特意找老人家要了个大箩筐装上资粮之后背在马背上，心想着回程时可以多装些丹药分与疾苦之人。老向导知道他的心意，一一允诺。临行前，老人家又取出一双铁鞋递给他，嘱咐道："戈壁大漠上多有石子沙砾，坑洼河滩，难行时可将它套在外面，或可解一时脚踏实地之艰。"接着又说："给你备的资粮，可以支撑你行至目的地。中途若是能遇上'天马湖'，就还可以休憩补充，后面的路程走得会轻快不少。只是要留心你的白马。"单行满怀感激地领受了，恭敬地接过鞋，拜谢而去。

启程之后，单行走得不徐不疾，反正这戈壁的路也跑不快，兀自回味起"天马湖"的事儿，总觉得"若能遇上"和"留心马儿"这些话意有所指，不时地回望那座渐远的驿站，似乎可以帮他琢磨出什么。不觉间出了戈壁走进了一片红色的沙漠，这红色的沙粒人和马都是第一次见到，走在上面不知不觉地小心翼翼起来，而且走在这软地上，明显感觉马蹄下软绵起来，四蹄使不上力，走得愈发艰辛了。那马儿在几棵稀疏的胡杨旁就停了下来，单行暗暗叫苦，他知道，接下来恐怕要牵着马走了。

哪知没走几步，那马随即靠着一棵枝条最密的胡杨卧了下来，单行虽未解其意，但以他对牲畜的了解，知道要有事情发生了。他也赶快靠着马儿坐了下来，用身上的披风篷连人带筐，从头到脚地遮住。

果然，霎时间一阵狂风呼啸而来，卷得沙尘遮天蔽日，漫天的红尘中仿佛有种隐约的呼唤声，单行警觉地隐蔽在斗篷下一动不动，差不多一顿饭的工夫，风远尘息。他慢慢站起身，抖落尘沙，觉得呼吸似乎比之前轻松畅快了，身体也感觉轻快了。回头四顾，这才发现，刚才之前频频回顾的那片来时的戈壁已经完全不见了，更别说那座建在上面的驿站了。

单行心下不由得有些慌张，突然间意识到了什么，急急地去看自己的白马，果然，那马儿不见了。大惊失色的单行急忙跑上眼前的一座沙丘，边打口哨边四下张望寻找，可是除了无边无际的沙漠哪里有什么回应！他默默地走回刚才的胡杨旁边，除了白马和那双铁鞋其他的东西都还在，其实不见了那双铁鞋还好，但那马儿的形象一直萦绕在他的心头，自离家起就与其风雨兼程，不离不弃，甚至还在危难迷茫时救过自己，不亚于一位亲密的战友，如今随着这阵红尘飞沙不胫而走，生死未卜，连痕迹都没留下，怎能不让人泪目痛惜呢？唏嘘良久，家乡父老托付送行的场景也浮现出来，这场景倒让单行从难过中清醒过来。他随即调整心神，整理装备，收拾行囊，从个人的伤感中走出来，又上了初心的大道，靠太阳确认好方向，独自一个人朝无径城出发了。

单行还没有发现，脚下的那片红色沙漠已经变成了白色。此起彼伏的沙丘犹若滚滚的波涛，把这片一望无际的沙漠勾勒成了一片波澜不惊的海洋，他就这样一个人在这沙海里乘风破浪，也不知走了几天，反正累了就休息，醒了就继续走，时而夜长昼短，时而昼短夜长，有时醒来时艳阳高照，有时醒来时明月高悬，他也不管什么时辰经分只管随心赶路,从最初的茫然无措、踌躇蹒跚,

走成了从容不迫、驾轻就熟，就像个深识水性的
老水手。单行渐渐明白过来，这段路只有这样一
个人走才是最快的，若是牵顾着白马同行，定会
拖沓许多，难道那马儿知道此路的境遇才故意趁
风离去的？想到此，他突然感觉脚下的这片白色
沙漠是那马儿所化的轻舟，继续承载着他的求医
的志愿，顿时心中颇感温暖，正感动时，眼前沙
丘中豁然闪出一湾波光粼粼。

　　天马湖到了，单行霎时激动万分地呼喊起来，
似乎是在宣泄着心中的欣喜又像是在呼唤着那
匹无踪的白马。在沙漠中见到水的感觉，犹如
无药可救的病人突然得了起死回生的灵丹一样
的，让人欣喜若狂。或许只有亲历的人才能体
会这其中的滋味吧！单行的资粮其实就算不遇
到这湖，也可以撑到目的地，这天马湖带给他
的不只是接下来丰沛的饮水，更是内心的坚定
和力量。这一晚，单行就宿在了湖边，湿润的

空气让他在梦里回到了自己的家乡，而且又喝上了村长送来的鸡汤……

正如最后的那位引路人所说的，经过天马湖之后的行程是越发的轻松了，他在后来的笔记中，把"天马湖"改成了"歇马湖"。不知什么时候开始，脚下的沙漠又成了平常的金黄色，不远处的一座沙丘上有一个白色的东西格外显眼，单行突然心里一动，难不成是自己那匹白马先跑到了此处，加紧脚步直奔上去，离近才发现，并非什么白马，竟是一只硕大的铁鞋，外形与他丢失的颇为类似，好像只是外面多了层白漆。诧异之余，他通过半截桅杆和一只断钩的锚辨认出，这居然是一艘形如鞋履的小船。在这远离江河的沙漠怎么会有船呢？

经过仔细端详，他发觉这艘船跟之前乘过的都不一样，船的前部有个小台子，上面从左至右横排着几个凸起的方块，方块上的字迹已经模糊不清了，似乎是些机关按钮，台子的最右边不知被什么砸塌陷了，豁开一块，中间的船舱恰能容纳一人，船尾几乎全被沙子淹没了，看不见舵，看不见桨，也看不见帆。难道是被海风卷到此处的吗？那船上的人又去了哪里呢？

这个时候，忽然一阵风沙骤起，单行不假思索地跳进这艘怪船的船舱，想利用船体躲避风沙。哪知刚躲进去，船身呼地摇晃起来，此刻他才突然意识到，船在沙丘的最高处，是个最容易被风卷动的位置，并非是个安全的藏身之所。可还没来得及做出任何反应，船体已被狂风卷起丈余，单行死死地抱住那半截桅杆，双脚抵住船帮，后背与船紧紧贴在一起，让自己不被甩出去，这艘小船仿佛惊涛骇浪中的一叶扁舟，随波逐流地在漫天风沙中跌宕起伏着。不知过了多久，当他醒来的时候发现躺在一片沙地上，那艘破船和自己依存的行囊都不知去向，抬眼四顾，发现周围除了一片空洞洞的漆黑，伸手抓取也是空无一物，看看脚下也是空虚的漆黑一片，头顶上更没有日月星辰来辨别方向。这种无所适从和弹尽粮绝，把他推向了无助、绝望和恐惧，进不敢进，退不敢退，如同临渊绝壁。忽然间对面的虚空里现出三个魔怪，一个无足，一个无眼，一个青面獠牙血盆大口，吓得他一颗心上蹿下跳不知所措，还未来得及择路逃跑，那三只魔怪已经扑了上来，他好像做梦一样，看着自己一次一次地被那魔怪吞掉，又一次一次地回到这里，他发现这几只魔怪没办法真的让自己消失，渐渐的这循环越来越慢，他也渐渐放松下来，像看戏一样，或许是累了，或许是无聊了，到最后那三只魔怪，只得坐下来。单行气定神闲地走过去仔细打量起这三个魔怪，哪知道，他这一看竟让那三个魔怪变成了三座木雕，然后慢慢裂开，里面是三位双目微垂，祥和静定的行者。单行顿时感觉到独立、笃定和临在。

霎时间眼前的一切烟消云散，虚空一片，眼下除了他的这份"看"，别无二物。原来未知带给人的不一定是恐惧，还可以是种鲜活和解脱的感觉，他没理由地喜悦起来。他迈开脚步，凭着内心的感觉和自己脚底的感受，他前所未有的通透和直接，他的觉知、感受、动作完全笃定而一致！才一动身，不知哪里传来一道钟磬之声，脚下大地随声波微微震动，一阵清风吹过，头上似乎有星光闪烁，抬眼望去，原来是风吹乌云散，皓月在碧空！脚下的路也清晰起来，此处已是遍布黑色沙石的戈壁。不过似乎那道钟声更吸引单行的注意，他没理由地断定，这声音是无径城传来的。他感觉到那城就在附近。

心中一动，旋即转身回头，果然，几百步之外，黑色的戈壁中，阳光下一座小城赫然而立。

这一路虽见过不少西域风格的建筑，但这城的造型还是很让人惊叹，不知是什么能工巧匠，能用那土木建造出形如花瓣的城墙。整座城池，在黑色的戈壁中，犹如一朵悬在星汉之中的金色琉璃花。

单行心中大喜，不由得加快了脚步，到了跟前却又发现，这城竟无门可入，围着这城转了大半天，依然找不到门，也不见人出入，刚才的欢喜一下子消失了。身上的干粮、水袋、衣物都已经不见了，除了进城别无生路。想到此处，不免有些焦急，不过他马上就觉察到了这个情绪，很快就回到了正题上。眼看日头已经开始向西，他开始尝试各种入城的方法。他又是磕头又是祷告，又是唱诵又是念经，他把他从大师们那里学过的、听过的、看过的，乃至想过的各种方法——试了个遍，忙得不亦乐乎，但终是不见门开，

气得他用拳头狠狠地砸向了面前的城墙，哪知这高大的城墙竟微微颤动起来，还隐隐发出钟磬之声，似乎这墙很薄，单行一下子来了劲头，

心里责怪自己为什么一直在想各种方法，没早一点直接去碰触一下，都是这一路学了太多方法，忘了这最直接的行动。想到此处，他倒退了几步，侧左肩在前，铆足力气，向面前那堵墙撞去，哪知这一下疼得他头晕眼花，似乎那墙又变厚了，接着又试了几次，他发现那墙体在随着他的出力大小而变动厚薄，正在他低头思索之际，看见眼前一颗砂石，被风一吹竟然滚进了城墙之内，然后又随着一阵风滚了出来，也不知是城动还是石头在动，对这颗石头而言，这墙形同虚设，他随手从地上捧起一把石子，一边踱着步子仔细地观察感受，这一刻他忘了进退出入之事，更没了城内城外的分别之心，又是一阵风起，他不知不觉地踱进了城中。

入城之后的景象，让他大感意外，这城中景象竟然和自己家乡的村子一模一样，炊烟中飘着的味道让单行倍感亲切。经过村口的牌坊时，他看见几个人正在往上挂对联，横批还未及挂好，左右的柱子上各是八个字："孰凡孰圣孰执烟火；如来如去如此人间"。正在思索文中含义间，已然沿着熟悉的路走到自家的小院面前了，刚进院子，单行便看见了之前失散在沙漠里的白马正在吃石槽里的草料，一下子把他激动得热泪盈眶，跑过去抱着那马头，喃喃地说道："太好了，就知道你先回来了！"欢喜了一会儿，他又给马添了点草料，转身进了屋里。房间里一切如故，刚磨完的药粉还在石碾里，锅里的水冒着热气，眼看就要开了。惊愕之余，他兀自寻思，不知自己这是梦醒了还是正在做梦？正在恍惚时，门外传来了匆匆脚步声，"回来了吗？"原来是村长的声音，单行随口应一声，话音刚落，人已推门进来了，本以为的激动场面并未出现，村长平静得就像什么都没发生过，对单行说道："你可回来了，来找你两趟了，一会儿医王要来你家宣讲医道，传授药方，你简单地收拾一下。"单行一下子怔在那里，不置可否地说"在我这破家里？"看向村长时这才发现，村长的衣着体态声音举止还如同之前，但相貌与之前大不相同，可以说完全是个新面孔。这新面孔给人一种久违的亲切感觉，而且似曾相识，让人心里说不出的安定祥和、喜悦清静。未等村长答话，吱呀一声门响，走进来一个人，身后还跟着几位乡亲，手里搬着几件制药的器具，让单行更蒙的是，来的每个人长得都是与村长同样的相貌，只是衣着不同言谈举止不同，除了那领头进来的，其他人单行都能认得出是谁。领头那人身材高大，虽是一身普通的粗布裤褂，但是仍然显得卓然出众、器宇不凡，整个人还散发着隐隐的药香，一双深邃慈悲的眼睛正在望着单行，微笑着说道："你这破家就是最好的道场！"单行自然地躬身施礼道："一切听您安排。"

　　说话间，村长几人已将桌案椅子布置停当，这本来就是他制药的房间，制药的器具也都一应俱全。医王转身走到石碾跟前，捏起一撮药粉，闻了闻，含笑点头。转身对单行问道："这是你配的药吗？""当时急于为百姓祛病拔苦，顾不得医术低微，随心而制。"单行怯怯地回答。

　　"既有此药何须再去外求？"医王问道。

　　"信医王不信自己。"单行的回答连自己都有点意外。

　　"信我还不等于是信了自己？"医王接着问道。

　　还未等单行回答，一旁的村长插话道："你和医王还不是一样？"

　　这话说得单行心头一惊，他站起身走到灶边，掀开锅盖，吹开雾气，往里一看，果然水影中的自己也是和医王同样的面容。

　　医王也不管他的反应，继续说道"既然事急，何必绕我这一城呢？"说着走到桌案边拿起单行之前的药方端详了一下，随即拿起笔在上面书写起来，边写边对单行说："我加上个药引子吧。"

单行双手恭敬接过药方，看见纸上多了一味药引"□□"。

单行正在感悟之际，村长走过来说道："既然药方已成，明天一早你就动身吧！各地的疫情都等着你这药方呢！我们会把制好的药发给乡亲。"

单行不假思索地答应了下来，如同上一次一样，只是这一次没有喝鸡汤。

第二天一早，单行骑着白马，揣着药方，独自向村口走去，此时正是早饭时间，大部分人都还没出门，街头巷陌尽是袅袅炊烟。走过村口的牌坊时，他看见那副对联的横批也挂好了，看完这副对联，单行对接下来的路胸有成竹。忽然他听到身后一片匆匆的脚步声响，原来是医王、村

长以及众多乡亲父老赶来为他送行。赶上单行之
后，包括医王在内的所有人皆对单行躬身施礼，
一切尽在不言中。单行心领神会，并未下马，抱
拳还礼，然后头也不回地向远方奔去，不敢再多
看一眼送行的乡亲，不觉间泪湿青衫……

『看我这料子，素色无染，朴实无华，无针无线，可松可紧，大可装天地，小可包无间，含藏阴阳、任运自然；跟你这拼接绘染、矫揉造作、又照又喷的比起来，不知畅快舒服多少倍呢！』言毕竟然就这样一丝不挂地跳出染缸，推门而出，众人吓得齐向后退，让出了一条通道。

　　这几天毗巷城里突然出现了一位手艺精湛的年轻裁缝金玉，听说邻国伟大的国王都穿过他设计的衣服，一些富人家的太太马上成了他的第一批拥趸。他亲手定制的衣服又好看又合身，穿上毫无束缚感，而且让人很是优越体面，显得高贵无比，而且他还会送给每位客人一面穿衣镜，这面镜子更是会照得人自我欣赏，志得意满。

　　很快，城里的那些权贵富商们都成了他的客户，毗巷城里的人也都以穿上他定制的衣服为荣。而且令那些寒门子弟没想到的是，穿他定制的衣服竟成了一条跻身上层阶级的快速通道。

　　一段时间之后，人们发现这个裁缝的技术似乎愈加精湛，那些从内到外的衣服越来越合身，他更是发明了一种神奇的液态布料，能根据气候调节温度,舒服透气,而且又量身制作得妥帖至极，仿佛自己的皮肤一样，你只要一丝不挂地整个人往那装满液态布料的染缸里一泡，就像洗澡一样舒服，不到二十分钟，一身独一无二的体面华服就制成了，而且这布料还能根据每个人的五官相貌取长补短，制成一种面纱，让人从头到脚都笼罩在他制造的美丽之中。特别是照过那镜子之后，更是美得让人一秒都不想脱下，以至于人们睡觉也穿戴着这些衣服面纱，这样的话也不用面对自己那些不满意的地方了。不过这面料有个特点就是遇到天然的水会容易掉色，所以定做了衣服的人都是用这里配置的药液沐浴，这样洗就能让这身衣服保持光鲜亮丽。此后，特别是下雨天，毗巷城的街道上鲜有人迹，犹如空城。

渐渐人们忘记了自己还穿着衣服，忘记了自己的本来面目，更有甚者还会在这件衣服上继续叠加新的套装，不知不觉间人与人之间不再像以前那样热情、开放、真诚，只敢以美化装饰过的自己示人，也就是因为如此，人们都只看得到表面，自然彼此也就很难走近了。

所有人都将那不愿面对的自我否定，隐晦地躲在那套面纱华服背后，装腔作势地装扮着那身光彩夺目的矫揉造作。即使如此，还有很多人愿意竭尽所能往这皮壳里钻，生怕一迟疑被别人抢先钻了这众生认可的冠冕堂皇！

纵使再妥帖合身的剪裁，再仿若肌肤的面料，毕竟也是身外之物，待人接物之间也必然有不自然的地方，而且周身散发出隐隐霉味！只是当事人都身在霉中不知霉，久了觉得这就是该有的人味，何况后来那裁缝又推出了掩盖气味的香水，使得那些略有察觉的人们也都同流了。

只有那些穿戴不起这些华服的穷人还能见闻得到这些真相。其中有些好心的，就去劝说那些把衣服面纱当成自己皮肤的人，不过被那个裁缝发现以后，他竟然开始免费把衣服送给那些清醒的穷人，又有一大批穿不起但又有觊觎心的人很快地沉迷在了这些服饰中。渐渐地，因为这里人们的美丽外表和服饰品位，毗巷城成了其他地方羡慕向往的所在，这里的人也有了几分优越感，所有人都在努力精心保持着这身衣着的光彩照人。

如今只剩了一个和那裁缝年龄相仿年轻人，他名叫无相是个盲眼乞丐。因为看不见的原因，他无法分辨这些衣服美不美，也看不见人体面不体面、高贵不高贵，因此也没有美丑之心，而且因为是乞丐，也没有什么贵贱尊卑的高低之心，也没读过书，没人教过他礼仪道德，胸无点墨无知无辩。你夸他他也接受，你骂他他也不恼，世人都说他痴癫，从小就随遇而安地靠着众人的慈悲心过活，这辈子只见过眼前的虚空。对他来说，万事万物就是一个个虚空中的凹凸起伏，冷热软硬的感受，虚空始终是虚空，不着外相。旁人都以为他眼前是黑黑的不见天日，其实他眼前湛湛的一览无余。

　　从小就眼盲的他，其他感官就特别发达，早就锻炼得耳朵可以嗅，鼻子可以看，身体可以知，反比常人见闻广博，穿行于街头巷尾，不会有任何障碍。虽然从第一个人穿上这身衣服起他就有所感知，不过他并未像众人一样急着去劝说谁。他的清醒让这城的一部分始终保持着一片清明。

　　那裁缝得知了他的存在，无相的清醒无为让他感觉到了一种威胁，他决定也用送衣服的办法同化无相。无相收到邀请之后，欣然接受了。很多人听说了，都拥到裁缝的店铺，期待着看这疯癫盲乞会被装扮成一副什么模样。

　　哪知即使无相进了染缸，那液体在他身上也一丝不挂，更成不了衣服，也遮不住脸，香水也散不出味，镜子也照不出型。

　　那裁缝金玉一脸惊愕茫然地蒙在那里，他心里清楚，这一切服装面纱都是借助每个人自心的期待和抗拒投射而成，然后那镜子中照的只是自以为是的追影逐相。难道这瞎子心里什么都没有？心想到此不禁失声问道："染了这么久怎么还一丝不挂的没做成衣服？"这声音似乎还带着些许惊恐，传到门外等着看热闹的人们那里也是一脸诧异！

无相似乎是看到了所有人的表情，满脸傻笑地回他道："也不知是你瞎还是我瞎，看不见我这身衣服吗？"他伸伸胳膊踢踢腿又道："看我这料子，素色无染、朴实无华、无针无线、可松可紧，大可装天地，小可包无间，含藏阴阳、任运自然。跟你这拼接绘染，矫揉造作，又照又喷的比起来，不知畅快舒服多少倍呢！"话毕竟然就这样一丝不挂地跳出染缸，推门而出，众人吓得齐向后退，让出了一条通道，无相旁若无人地径自穿过人群，连蹦带跳地朝大街上奔去，动作流畅连贯，完全不似一个盲人。金玉与众人竟没有一个反应过来。

　　"赶紧追上他，别让他破坏了我们毗巷城的美好形象。"少时，不知是谁大喊了一声，众人一下子涌上街头，追着无相那毫无扭捏的脚步而去，无相早就听到了那一声喊，不躲不闪地继续在大街上信步疾行，直往空旷处奔去，像是个赶时间去哪里赴约的人。

　　众人越追越急，越急越追，不时还有听到消息的人，也为了保住这体面形象加入追赶的队伍中来，但纵使铆足了力气，也赶不上这个盲眼的瞎子，一口气追到城外，远远看见无相赤条条地站在四边无遮无避的一大片空地上停了下来，人们也都放缓脚步，步步逼近，离得近了才看得出，无相似乎在侧着耳朵听着什么。众人知道他平时行为痴癫，也不敢贸然出手，正在寻思的时候，天气阴沉下来，突然一道闪电划过昏暗，那一丝不挂的无相竟似周身发着光，接着是滚滚雷声，瓢泼大雨顷刻而至。

顿时，穿戴着面纱华服的人们惊慌失措地乱作一团，他们知道这身装扮最怕自然之水，但在这无遮无避的旷野，他们无一幸免地被这无情的暴雨淋得全身湿透，随着此起彼伏的惊呼和无相天真的大笑，一身身套在众人身上的精美皮相，全都被冲刷得无影无踪，人们从最初的惊恐激愤，到无可阻挡的绝望悲伤，再到彻底的敬畏臣服，然后竟是久违的欢畅鲜活……旷野上像是一场天地与人的狂欢，很多人随着风雨蹦蹦跳跳地呼喊舞蹈，击掌欢唱。追捕无相的人此刻倒成了和他一样痴癫的同伙。直到雨过天晴，众人才渐复平静，这时大家发现各自身上那套穿了不知多久的造作服饰全都被天雨洗尽了，但也没有赤身裸体，竟都穿着套上那些华服面纱之前的平常衣衫。

众人回去之后，一切有关那裁缝存在过的痕迹全都消失了，小城又恢复了如初的自然生活。只是有两个人不见了，一个是那裁缝金玉，一个是瞎子无相。

有人说看见金玉被那大雨冲洗得化作了一汪净水，有人说看见无相随着那闪电化成了一道光，也有人说看见他两人手挽手嬉笑着去向远方了……

数年后，城外立起一座石碑，上面刻着两句不合韵的句子："瞎眼识金玉，无相破皮相。诸相离相去，处处是归期！"

从动物到植物，从人物到万物，从乞丐到皇帝，从平民到将军，从诗人到画家，从天堂到地狱，从小人到君子，从市井贩夫到算命先生，他尝试着这世间各种各样的物色人生，他也曾跟随无数的哲人探寻修行，有创立有追随，有执着有放弃，在岁月的轮转更迭中寻找着回家的路。

在很久很久以前，有一只白色的大鹏，他从天外来到这个世界，负责为这里带来风的能量，他是爱和自由的天使，有着不羁的灵魂和素风飞雪般的翎羽，有着驭游长空的翅膀和灿若星辰的眼睛。

他时常在天地之间高飞浅翔，天空时常会出现一片羽翼状的白云，那是他休憩的地方，那片白云之后的天空之外，是他热恋的家乡，那里是他开始飞翔的地方！

几千年前的某一天，他同往常一样在山谷之间穿行，如诗如画的山水让他痴迷若醉，他恍然发现，在这个世界飞行了千万年，竟还从没有仔细地欣赏过它，它是如此的壮阔盛美，生机绵延，这让他想起了家乡。他不由得落下凡尘，在山水间漫步，品尝野果，畅饮山泉。不知过了多少光阴，他觉得有些疲倦了，想起了天空之外等待他的家人，于是他决定回归白云之上，但当他挥动羽翼准备展翅高飞的时候，竟发现自己无论怎样用力，再也不能像往常那样升腾飞翔了！他惊慌、愤怒、悲伤、自责、绝望、不甘地挣扎着。他那爱与自由的高贵灵魂不甘就此沦落，他冲向那座最高的山峰，那是他降临的地方，那是离天空最近的地方，他要从那里一跃而飞，再展凌云，他要和他的自由在一起，即使是粉身碎骨也在所不惜。他用尽所有力气朝着那朵云的方向，朝着家的方向奋力跃起……

然而，他从那峰顶跌落了，无数的牵挂羁绊，折断了他骄傲的翅膀，割破了他宽阔的胸膛，褪去了他御风的翎羽，他跌落在滚滚红尘之中，不见了本来的颜色……

在接下来几千年的轮回之中，他不断地寻找着回到天空的途径，而他跌落的羽毛也化成了无数的飞鸟，穿行在世界，寻找着身体，寻找着回家的路。

从此这世界有了一种追寻叫自由，有了一种自由叫飞翔，有了一种飞翔叫家乡。

从动物到植物，从人物到万物，从乞丐到皇帝，从平民到将军，从诗人到画家，从地狱到天堂，从小人到君子，从市井贩夫到算命先生，他尝试着这世间各种各样的物色人生，他也曾跟随无数的哲人探寻修行，有创立有追随，有执着有放弃，在岁月的轮转更迭中寻找着回家的路。然而千年的风霜让他渐渐地在这彷徨的寻找中迷失了，他已经记不清他从哪里来，也想不起要到哪里去，甚至忘记了他是谁。寻找便成了寻找的目的。

即便如此，灵魂深处那份对自由的向往与渴望亘古未变，在这千年的轮回和追寻中，他曾无数次来到这世上最高的那座山峰求索，他一直都喜欢在风云变幻的岁月里，仰望天空。看着一朵朵白云抒怀展望，他感觉那些云是那么的熟悉和温暖，他仿佛对白云之外的那片天空有一种莫名的向往和冲动，更有一种莫名的眷恋与忧伤。他也会经常来到那片让他迷失的山谷，它依旧是如此的锦簇芬芳，他喜欢听百鸟的咏啼，凝视鹰枭的翱翔。谁曾想，这些他曾经的追随者，千百年来依旧在期盼着再次追随他展翅高飞，再次听到他那声如天籁般的啼鸣，尽管他已经迷失了。

而在天空的另一边，对他的寻找也从未停止过。那呼唤旷日而持久，盈盈而未济。或许是你凛冽过的风，淋漓过的雨，舒卷过的云，巡行过的陌，甘冽过的泉，掩映过的光……都是家对他的呼唤。

也曾经有无数像他一样的天使都来到这个世界寻找过他，他们也用尽一切办法，甚至卷起风暴，颠覆世界，终也难如所愿。但他们需要他的醒觉，他终究是他们完整的一部分，他们深知他的醒来，会让这个世界与他们同样惶惶的灵魂得到解脱和自由。

　　不知又过了多少个春秋，那片云外的天空又来了一位寻找他的天使，这个天使拥有智慧美妙的灵魂，在降临之前，她就已经感觉到，这个蓝色星球上有一种和那片天空之上相同的力量，在天空叫"慈悲"，在人间被称之为"爱"。而这力量，正是那个他当初带到这世界的。只有他自己这种力量才能让他醒来，而不是那些切切的呼唤。出发前，她把那"慈悲"化成了一滴泪，生生世世收藏在自己的眼里。

　　她没有像其他伙伴那样在天空呼唤他，也没有在世间卷起风暴，推开凡尘去找寻他。她只是去爱，她化身为一个女子，将自己和入红尘。她如同最初的风，去了他到过的每一片海，每一方土，每一处在，每一时空，追寻着他的浮光流影，体会着他的感触觉受，她把呼唤变成了感同身受，变成了允许和陪伴，守候着他的曾经和未来，直到他看到自己的那种力量。

千百年来,他们有错过有相遇,有相爱有分离。红尘中的情愫纷扰,时而会令她迷失自己,模糊了对方,但当她那颗藏在心底的泪流落而出的时候,她马上就会认出她自己,记起自己的使命。于是她在每一世,都会去寻找他,要用她这份"爱"让他觉醒过来!

又是几个百年过去了,无论迷与不迷,她的爱都不曾停止过,她在等待他的觉醒,等待着和他一起回到天空。

不知又过了多少次情深缘浅的悲欢离合,多少次爱恨交织的相濡以沫,终于在一次生离死别前,他的心开始意识到了什么。

某一世的某一天,他们游历了半生,再次遇到了对方,四目相对的那一瞬间,彼此就都忆起了这几经千年的情缘。他们深深地爱着对方,直"爱"到这"爱"已经不再是天堂或人间的某种力量,直到他们就是"爱"。

他醒来了，他从她的泪中，洞彻了一切。

他们又可以飞翔了，又可以回到他们来时的天空了。那一刻完整和喜悦充满了整个世界，他拉着她不顾一切地飞奔，他们放下了身外的一切，穿过人群，穿过世界，穿过红尘，经过了那片曾让他迷失的山谷，来到了他们降临时的那座世界上最高的山峰，他恢复了迷失之前的模样，蜕变出一身无染的宣白素华，放肆地挥舞着那御风破云的羽翼。山顶的冰雪像一朵朵无瑕的莲花被卷得散落满世，此刻仿佛整个世界都可以闻到这清澈芬芳的自由。这久违的淋漓欢畅，足以勾销他曾苦苦求索千万年的殷殷岁月。

但当他们回首相望时，他却从她的眼睛里看到了依旧闪烁的泪光。这双他曾注视过不知多少个千百年的眼睛，这双曾指引他灵魂醒来的眼睛，他刹那间读懂了这泪光！他从泪光里看到，这个世界的每一苍生，原来都是从那朵云外的天空，那方他眷恋的故乡，来这里找他的天使，他们都不知不觉地迷失在了这个美丽世界中名为"寻找"的故事里！一瞬间他的眼泪尽情地洒落着，如同那片天空落下的肆意感怀的雨，这一刻他选择再次褪去了这身渴望旷久的羽翼，与她携手向山下走去。

他和她留在了这个千万年来让他们彷徨寻觅，困苦挣扎，一直想要离开的世界里。他和她要带着所有迷失在这个世界的天使一起回家，用"爱"！他们褪去光芒和神圣，穿行于这世界的每一个角落，用适合于每个角落的身份和方式，去爱这世界每一个角落那些未曾醒来的天使。而那些被爱醒了的天使也加入他们的行列，去爱那些有待醒来的其他天使们！夜以继日，风雨无阻，披星戴月，诚心全意，不离不弃，携手共进，拔苦予乐，弗远无息，矢志不渝！让世界正在醒来……

一天清晨，窗外的阳光透过一片羽翼般云朵的间隙，穿过东窗，散在房间的毯子上，她起身去为他准备早餐，无意发现窗台的光影中放着一封信。她仿佛意识到什么，于是唤醒了他一起来读这封信。

信上写着：亲爱的！不知道你还记不记得你的这片天空，还记不记得你的初衷？不管怎样请不要忘记你是谁，不要忘记如何飞翔，不要忘记回家的路。你可能还流连在这个关于寻找的故事里，但要知道，你随时可以从故事里离开。因为你是一个天使，在那片羽翼般的云层之后，有非常爱你的家人在等你，其实你来这个世界，也是为了找你的亲人回家，他是第一位降临于此，为这个世界带来风的天使，他可能迷路了，他的爱和那叫自由的风是这天地完整的重要一部分，他的名字叫"我"。

事实上已经有过很多的天使去找他了，但都

还没有回来，所以如果你遇到他，请你带他回家，如果找不到，也请你记得回家，因为你的爱对这世界同样重要，如果你是他，那么——飞翔吧！

时光流转，逝者如斯。人生苦旅难免有些挥之不去，求之不得。无论我们执着的是什么，它都终将成为故事的一部分。时光已为你备好留白，期待着你写给自己的故事将这些时光染成精彩……

退